박의림 작품

그러니까 참.. 끝이 없는거야 사람 사는 게..

세월이 가고 나이를 먹는다고 더 두꺼워지고 노련해지고

그런게 아닌거지.

그동안 김치찌개를 얼마나 많이 끓여봤냐가 중요한 게 아니라

내가 얼마나 덜 달라졌느냐가 중요한거야.

한 살 한 살 먹을수록 사람은 달라져요..

작년에 끓였던 찌개는 지금의 내가 끓인 게 아닌거지.

그땐 그때고 지금은 지금이니까...

내가 나를 관리해야 되는데 그게 쉽지가 않아요.

이 나이 먹어도...

아흔 해 가까이 지낸 노인도 인생의 정답을 모른다.

남이 하는 일에 대해 평가하려 하지 마라.

밥알을 씹을 때도 각자의 방법이 있고

코 풀 휴지를 뽑을 때도 각자의 방법이 있고

변기에 앉을 때도 각자의 방법이 있다.

본인의 방법과 누군가의 방법을 비교하려 하지 마라.

한심하기 짝이 없고 갑갑하기 짝이 없는 일이다.

이해함에 있어서 제발 좀 누군가의 머리 위에

올라가려고 하지 말고

입을 다물고 멀찌감치 떨어져서 조용히 지켜봐라.

그 뒤엔, 타인의 모든 것을 천천히 느껴봐라.

다시 한번 말하지만,

입을 좀 닫고 눈앞에 펼쳐지는 모든 것을 느껴봐라.

이제 곧 당신의 눈 앞에 펼쳐지는 것은
지금 펜을 들고있는 나의 이야기,
다시 말해 '실화' 일 수 도 있고 아닐 수 도 있다.
당신이 이것에 더욱 집중하고 몰입하길 바라는 마음이
간절하다.

지금 당신은 나와 눈이 마주쳤다.
이제 당신은 나를 알고 나도 당신을 안다.

준비가 되었다면 다음 장으로 넘어가도 좋다.

2012년 8월 9일 10시 15분

하루, 이틀이 아니다.

뻐근함이 느껴지는 것을 보니 다시 눈을 뜨고 온 몸에 힘을 줄때가 된 것 같다.

눈을 뜨는 것부터가 벌써 힘이 든다. 이게 뭐라고 힘이 드는지 모르겠다. 그래도 조금만 힘을 주면 내 앞에 있는 무엇인가를 볼 수 있는 '눈'은 아직 멀쩡하다는 것이 정말 다행이다.

마치 아트페인팅을 한 것처럼 가장자리부터 한 가운데까지 거뭇거뭇한 곰팡이가 핀 천정이 보이면 이젠 마음이 놓이고 편안해 진다. 그 옆으로는 불투명유리가 깨져 반쯤 걸쳐 있는 화장실문짝, 바로 그 옆에 이 더럽게 아늑한 집에서 빠져 나갈 수 있는 현관문이 보인다.

자, 이번엔 두 팔에 힘을 줄 차례이다. 깔아놓은 의미가 없다고 느껴질 만큼 납작하게 숨이 죽은 이불을 짚고 상체를 일으켜 세운다. '뻐근하다'는 표현으로는 턱없이 부족한 이 통증의 정도를 뭐라고 통쾌하고 만족스럽게 다시 표현해 볼 수 있을까.

담배를 태우듯 길게 숨을 들이마시고, 짜증이 섞인 듯 내버린다. 동시에 지긋지긋한 오른쪽 무릎을 몸 쪽으로 굽혀본다. 도대체가 이 안에는 무슨 일이 벌어지고 있는 건지 답답해서 정확히 무릎을 두 동강을 내고 단면을 살펴본 뒤, 아직 붙어있는 나머지 부분도 도려내버리면 속이 시원하겠다. 차라리 그게 낫지 않을까.

매일 똑같은 상상으로 대리만족을 하며 지난밤 잊고 있었던 통증을 다시금 몸에 익힌다.

병원에 가봤자 수술이 필요하다는 말을 들을게 뻔하기 때문에 그냥 이대로 살기로 했다. 그래도 절뚝거리며 거리를 거닐다가 바쁜 일이 있는 뒷사람에게 괜한 피해를

줄까봐 빨리 걷는 연습이 필요했다. 인터넷 중고사이트에서 구입한 이만원짜리 목발을 챙겨서 오늘도 집 밖으로 나가본다.

숙면의 여운이 남아있는 지금 이 타이밍, 아직 씻지 않아 찝찝하고 텁텁하지만 왠지 매우 편안함을 느끼는 지금 이 상태에 태우는 담배 한 모금은 그 어느 순간의 맛과도 비교 할 수 없는 것 같다. 눈동자를 쉬지 않고 열심히 돌려본다. 3미터도 되지 않는 좁은 폭의 골목이 내 집을 중심으로 양옆으로 펼쳐져있고 정면으로는 조금 더 넓은 폭의 골목이 길게 뻗어 있다. 어떻게 이렇게 한 가운데 내 집이 있는 건지.. 웃기지만, 아무튼 저 끝으로 가면 큰 도로가 나오는데 지금 내 위치에서 보면 '휙휙' 지나가는 사람들, 어떤 차종인지 보이지도 않지만 어지러울 정도로 빠르게 지나가는 차들이 아주 작게 보인다. 오늘 아침엔 저 끝에서 이 좁고 긴 골목으로 들어오는 사람이 몇이나 될까 하며 별 생각 없이 담배를 태운다. 그러다가 순간적으로 '휙'하고 지나가는 자전거를 본다면 그 날은 술을 먹는 날이 된다.

지금의 나는 자전거를 탈 수 없는 상태가 되었지만 이

게 아니었더라도 절대로 난 저것을 다시 타지 않았을 것이다.

오늘도 뜻하지 않게 그것을 보게 되었다...

아... 씨발... 담배를 바닥에 긁어 끄고, 뒤로 돌아 현관문을 연다.

벌써부터 심장이 빠르게 뛰기 시작한다.

아, 갑자기 속이 이상한 것 같아, 큰 볼일을 먼저 봐야 할 것 같다.

방바닥에 발라당 누워 바지와 팬티를 벗고 다시 일어나 방향을 바꿔 목적지로 이동한다.

숙취가 올라온 듯이 변기에 털썩 앉아 이마와 머리를 긁으며 일을 시작한다.

빨리빨리 이 일을 끝마치고 뒤처리를 깔끔히 하고 술을 먹어야 한다.

제발 빨리... 꼭 이럴 때일수록 일처리가 쉽게 끝나지 않는다.

그렇게 십여분이 흘렀다.

먼저 땀을 닦고, 밑을 닦고, 변기 레버를 누르고 절뚝거리며 샤워기를 잡는다.

바닥에 쭈그려 앉으며 오른쪽 무릎은 쭉 편다.

이 상태에서 밑을 깨끗이 씻어야지.

아, 어제 비누를 샀어야 하는데 또 깜빡했다. 일단 남은 조각이라도 들고 주물주물 해본다.

최대한 정리를 하고, 수건으로 물기를 제거한 뒤, 널브러져있는 이불에 슬라이딩한다.

아까 던져놓은 팬티를 입었다.

아침 운동을 하고 돌아온 느낌이다.

아직까지 심장은 계속 뛰고 있고, 손을 뻗어 냉장고를 열어 소주를 꺼냈다.

뚜껑을 열고 바로 양껏 들이킨다.

.

.

.

술병을 내려놓으며 코와 입으로 새어나오는 날숨에 알코올 향이 담겨있다.

다시 한 번 병 주둥이를 입에 갖다 댄다.

.

.

.

날숨에 섞인 알코올 향이 점점 진해 진다.

다시 한 번.

.

.

한 병이 끝이 났다.

어느 한 곳을 정해 눈에 힘을 풀고 잔뜩 들어있던 긴장을 풀어본다.

언제나 그랬듯 이 순간이 되면 눈앞에 영화가 시작된다.

저 멀리 희미하게 내가 보인다.

내가 주인공인 이 영화.

주인공이 반드시 좋은 건 아니다.

2010년 5월 22일 17시 35분

조용한 바람소리와 함께 자전거 체인소리가 고요히 들
린다.

아직 어두워지기 전 산 속의 초저녁, '이건운'이 커다
란 가방을 메고 자전거를 타고 빠르게 달리고 있다.

매우 조용한 가운데 허름하고 음산한 느낌의 집.

몇몇 작은 창문으로 새어나오는 불빛과 대문 앞 가로등
만이 집을 밝히고 있고, 멀리서 자전거 소리가 점점 가까
워지다가 산 속을 빠져나온 건운이 보인다.

칙칙하고 때가 묻어있는 작업복을 입고 있다.

집 앞에 자전거를 세우고 옷을 털고 담배를 꺼내 불을
붙이는데 손에 핏자국이 선명하다.

작업실의 전경(全景),

평화로워 보이는 숲, 그러나 그것에 둘러싸인 건물은
평화롭지 못해보인다.

매우 조용한 가운데 갑작스레 한 남자의 비명소리가 들
리자 건운이 고개를 돌려 작업실 안쪽을 한번 보고 한숨
을 쉰다.

담배 몇 모금 빨고는 바닥에 던져 끄고, 침을 한번 뱉더
니 뒤돌아 대문을 열고 들어간다.

이곳이 이 지옥 같은 영화의 배경인 '두곤리'이다.

묘한 분위기의 집안.

문이 열리고 건운이 들어와 메고 있던 가방을 한쪽에
벗어 두고 비명소리가 들리는 쪽으로 가보니 두 명의 남
자들이 그 현장을 보고 있다. 그들과 눈인사를 나눈다.

모든 벽과 바닥이 샤워장처럼 타일로 이루어져있다.

여러 가지 흉측한 도구들이 벽에 걸려있고, '두억'이
피가 많이 묻은 각목을 바닥에 던지자 남자들 중 한명이

17

벽에 걸려있는 도구 중 망치를 골라 두억에게 준다.

초췌한 모습의 한 남자의 얼굴이 보인다. 이곳에 일을 맡긴 의뢰인이다.

　　의뢰인1 : 지나다니는 개새끼들 보니까 눈물이 나오
　　　　　　　데요.

반대편에 다른 한 남자가 얼굴과 온몸이 피투성이로 기둥에 묶여 있고, 두억이 그의 한쪽 어깨를 망치로 세게 내리친다.
울려퍼지는 남자의 비명소리.

　　의뢰인1 : 저러키 돌아다니고, 주워먹고!, 받아먹고!,
　　　　　　　또 돌아댕기다 지나가는 암캐랑 눈 맞아
　　　　　　　정신 못 차리고!

이번엔 반대쪽 어깨를 세게 내리치고,
남자가 온몸에 힘이 빠진 표정으로 매우 힘들어 한다.

의뢰인1 : 그게 사는 거지!! 그... 그... 그게!!!

후... 후...

이제는... 그럴 수 있겠네요...

실개천 건너 점쟁이 말이 이맘때 숨통이

트인다더만 이제 진짜로.. 진짜 그렇겠네...

두억이 남자의 두 손과 발을 번갈아가며 내리치다가 남
자의 머리채를 잡는다.

두억의 무표정한 얼굴은 소름이 끼칠 정도이다.

두억 : 다하셨으면 이만 끝내겠습니다.

두억이 피투성이로 힘없이 늘어져있는 남자의 머리를
내려치려고하다가 무슨 문제가 생겼는지 망치를 바닥에
내려놓고 팔목을 만져본다.

두억 : 누구하나 와서 대신 해라.

건운이 재빨리 나선다.

건운 : 제가 하겠습니다.

묶여있는 남자 바로 앞에 의뢰인1이 거리를 두고 앉아
있고, 그 둘의 사이에 있던 두억이 한쪽으로 물러나자 건
운이 망치를 주우며 가운데 선다.
무표정한 건운의 얼굴.
남자의 얼굴을 가만히 쳐다보다가 망치를 들어올린다.
힘껏 내려친다...

둔탁한 소리와 비명이 끊이지 않는 이곳...
이곳에 오기 전까지의 건운의 삶은 평범했다.

2006년 3월 2일 21시 05분

택배를 각 지역으로 분류하는 물류창고.

택배물류창고는 건운의 일터였다.

굉장히 넓은 물류센터에 큰 화물트럭이 나란히 세워져
있고 많은 사람들은 매우 바쁘게 물건을 상·하차 시킨
다. 더운 듯 겉옷을 벗는 사람도 보인다. '건운'이 트럭
두 대를 맡아 아르바이트생들을 감독하고 있다.

　　건운 : 아저씨! 아저씨가 안쪽으로 더 가서 받아줘야
　　　　　 죠! 저 사람 팔 빠지것네. 더 가요, 더!

알바생 한명이 박스 두 개를 한꺼번에 들다가 넘어지고, 건운이 다가가서 박스를 들어 컨베이어벨트에 올려놓는다.

　　건운 : 무거우면 하나씩 하세요, 하나씩… 아저씨 여
　　　　　기는 그만하시고, 저기 저 두 번째 트럭 가서
　　　　　도와주세요.
　　알바생 : 저쪽이요?
　　건운 : 예예. 빨리 가보세요.

알바생이 뛰어가고, 건운이 무전기를 입에 댄다.

　　건운 : 저 들어갑니다.

바삐 움직이는 사람들 사이를 가로질러 사무실로 향한다.
사무실 문을 열고 들어와 의자에 걸쳐있는 겉옷과 가방을 들고 가방에 손을 넣어 무언가를 찾는다.
아무리 찾아도 없자 가방을 메고 눈치를 보다가 책상

서랍을 뒤지기 시작한다.

　이곳저곳 뒤지다가 담배 한 갑을 찾아내고 뿌듯한 듯 휘파람을 불며 뿌듯한 미소를 짓고 있는데 마침 '박대호 팀장'이 들어온다.

　　박팀장 : 가냐?
　　건운 : 가야죠~
　　박팀장 : 새끼야, 또 서랍뒤져서 담배 챙겼지?
　　건운 : 아니여, 뭔 소리여 아니여~
　　박팀장 : 그만 좀 훔쳐 피워라, 맨날 그 지랄이냐 너는.
　　건운 : 맨날 안 그랴~ 어떻게 맨날 그래요, 이틀에
　　　　　 한번 꼴이지.
　　박팀장 : 찌질한 새끼. 밥 먹고 갈거지?
　　건운 : 그냥 갑니다~

　창고 밖으로 나와 큰 길을 따라 사거리쪽으로 올라가다 가 골목으로 들어간다.
　좁은 골목 사이사이, 좁은 폭의 계단으로 천천히 걷고 있다.

한참을 걷다가 귀퉁이 작은 골목으로 들어서고, 중간쯤에 있는 작은 식당에 들어간다.

작고 허름한 식당이다.

자리를 잡고 앉아 미닫이문이 있는 안채 쪽을 본다.

건운 : 어르신~! 저 왔습니다.

미닫이 문이 열리고 팔십대로 보이는 할아버지가 나온다.

건운 : 저땜에 셔터 안 내리고 기다리셨어요?

노인 : 밥이 많이 남았어. 국은 냄비 안에 두기도 뭐
        시기한 만큼이니 먹어 치워야지뭐.

건운 : 오늘은 손님 얼마나 받으셨어요? 어제만큼?

노인 : 어제는 그제만큼만 장사가 잘 됐으면... 했는
        데, 하루 지나니까 그나마 어제가 낫고.. 또
        하루 지나니까 그~그제보다는 못하고 그제
        보다도 못해도 어제가 낫고.. 계속 그렇지 계
        속...

24

건운이 미소짓는다.

테이블에 밥과 국이 놓이고, 건운이 숟가락으로 국을 한번 떠먹더니 맛에 만족한다는 표정으로 숟가락을 놓고 그릇채로 몇 모금을 마신다.

'꿀꺽꿀꺽' 소리가 요란하다.

하루의 피로는 노인의 작은 식당에서 다 풀어진다.

소소한 삶의 재미를 일부러 찾으려 한 적은 없었고 아주 자연스럽게 조금씩 이루어지고 있었다. 그런 하루가 매우 행복했고 큰 욕심도 없었다.

택배물류센터 사무실.

소파에 앉아 담배를 태우고 있는 택배본부장 '강영기 상무'가 보인다.

박팀장이 문을 열고 들어온다.

　박팀장 : 오셨어요?

겉옷을 벗어 접으며 강상무 앞에 앉는다.

　강상무 : 애들 좀 들어왔어요?

　박팀장 : 당분간 채용계획은 없습니다.

　강상무 : 눈에 띄는 애는? 일 잘하는 애들 말이야.

　박팀장 : 또 애들 일자리 소개시켜주시게요?

　　　　　다 여기서 이제 막 자리 잡은 애들인데...

　강상무 : 애들 더 좋은 조건으로 제 갈길 찾아가면

　　　　　좋지 뭘.

　　　　　자리 날 때 가는 게 나아요.

　박팀장 : 지난번에 간 채현석이는 연락이 안되더라구

　　　　　요?

강상무 : 그래요? 연락이 안돼?

박팀장 : 무슨 회삽니까? 이번에도 같은데입니까?

강상무 : 뭐... 그냥 뭐 자그마한 회사고...

　　　　저기... 내가 좀 보니까 그 친구 괜찮던데...

박팀장 : 누구말씀이십니까?

두 사람의 묘한 신경전이 느껴진다.

바깥에는 화물트럭 뒷문이 열리고 비어있는 화물칸에 기다란 컨베이어 벨트가 들어간다.

노동자들이 위치를 잡고나서 택배박스를 하나 둘씩 싣는다.

오늘은 물량이 많은 날이라 옆쪽 트럭에서 박스를 나르던 건운이 이쪽으로 자리를 옮겨서 일을 거든다.

땀을 흘리며 일을 하는 건운, 그 때 박팀장이 건운을 부른다.

　　박팀장 : 이건운!! 이건운!!

건운이 박팀장을 쳐다보자 박팀장이 이쪽으로 오라는

손짓을 한다.

　건운 : 왜! 바뻐 지금!
　박팀장 : 와봐!
　건운 : 뭐여 갑자기...

　건운이 그쪽으로 다가가자 박팀장이 손을 잡고 어디론
가 끌고간다.
　화장실 문이 열리고 그 안으로 들어온다.

　건운 : 아 뭐여! 왜그랴!
　박팀장 : 야, 너 무조건 간다그래야돼.
　건운 : 갑자기 뭔 소리에요.
　박팀장 : 강상무 왔는데, 괜찮은데 자리 났나봐.
　　　　　지난번에 현석이 간데 있지? 거긴가봐.
　건운 : 아 맞다. 현석이 그 새끼 왜 연락이 안되요?
　　　　　형은 연락돼?
　박팀장 : 나도 안되더라고, 바쁜가부지.
　건운 : 씨바. 더 잘 버는데로 갔다면서 술이나 한번

사지, 왜 연락도 없어 그거?!

박팀장 : 니가 가봐 그러니까. 가면 만날 수 있겠지뭐.

건운 : 뭐하는 데여? 얼마준댜?

박팀장 : 여기랑 비슷한 덴가봐. 물건 운반하고 그런거
라는데.. 어쨌든 돈은 훨씬 더 준다니까. 간다
그럴거지? 어? 덥석물어 임마.

건운 : 글쎄요... 안 내키는데.. 옮기기도 귀찮고...

박팀장 : 언제까지 여기 있을 거냐? 어릴 때는 기회 왔
을 때 무조건 잡는거야.

'건운'은 고등학교를 졸업 후, 돈을 벌겠다는 생각만으
로 계획도 없이 집에서 독립을 하고 서울에 올라와 혼자
살게 되었다. 그렇다고 집안에 심각한 문제가 있거나 부
모의 사랑이 부족해서 이렇게 사는 것이 아니다. 어쩌다
보니 자연스레 이런 상황이 되었다.

몸 쓰는 일을 찾던 중, 택배 물류 회사에서 일을 하게
되고 그곳에서 일한지 5년정도 되던 때에 지금과 같이 다
른 일자리를 만날 기회를 얻게 되었다. 군복무 2년을 빼고
도 최소한 3년동안이나 몸담았던 회사라 망설여진다.

늦은 저녁, 어두컴컴한 건운의 집안.

좁은 방안이 고기를 굽는 연기로 가득하다면 좋으련만, 항상 담배 연기로 가득하다.

청결한 집안 환경을 유지할 여유는 없어도 담배를 어느 정도 태우다 보면 이건 아니다 싶어 현관문을 삼십분 정도 활짝 열어 환기를 시키곤 하지만, 오늘은 눈 앞에 휴대폰조차 희미하게 보일정도로 넋을 놓고 줄담배를 태운다.

크게 한숨을 쉰다.

그러다 한쪽 손으로 연기를 헤집고 휴대폰을 들어 전화를 건다.

몇 십초간 연결음만 들릴 뿐 답이 없자 전화를 끊고 다른 번호로 연결한다.

건운 : ...어, 야 박팀장형 어디갔냐?

　　　웅... 어디? 밖에? 야 그럼 불러봐봐 급한 일..어?

　　　들어왔어? 어 그럼 바꿔줘.

잠시 기다리며 담배를 한 대 더 꺼내 불을 붙인다.

건운 : 후~... 여보세요? 어 형 뭐여 왜 전화를 안받어?

　　　얘기중이었다고? 누구랑?.. 아니 됐고,

　　　형 나 어떡할까?

　　　음.... 나 갈까봐 거기... 진심으로...

　　　어차피 여기서 나이 먹어봤자 별거없을거 같어.

　　　잘 되봐야 형 꼴밖에 더되겠어? <u>흐흐흐흐</u>

수화기 너머로 박팀장의 장난끼섞인 욕설이 들린다.

건운 : 아니 아무튼 나 결정했어.

　　　갈래... 응. 아까 들어보니까 거기 숙소가 있다

　　　고 짐 싸서 오라는데...

　　　어, 숙소가 있댜... 그러게 말이여, 회사가 뭐

　　　그렇게 멀리있나 몰러...

　　　편할 것 같긴 한데 촌구석이라 존나 낙후된

　　　데 아닌가 몰러요... 예... 암튼 거기서 돈 나오

　　　믄 술한잔 합시다 형님... 예...

같은 시각, 물류센터.

건운과의 통화를 마치고 사무실 문을 열고 나온 박팀장.

로비에 자판기 앞으로가 음료수를 하나 뽑아서 다시 안쪽으로 되돌아가려는데 출입구 쪽에 누가 보인다. 몇 걸음 더 가까이 가서보니 강상무의 뒷모습이다.

　박팀장 : 아직도 안가셨나?

더 가까이 다가가 말을 걸려는데, 누군가와 통화중이다.

　강상무 : 예, 내일 오전 중으로 도착할겁니다... 예...
　　　　 아... 스물아홉이라던가?... 뭐 아무튼 적응만
　　　　 잘 시키면 말썽은 없을겁니다...

뒤에서 엿듣고 있는 박팀장.

통화내용을 들어보니 건운에 대한 내용인 것 같아 더욱 집중한다.

　강상무 : 예... 알아보니까 고등학교 졸업하고 바로

저희 회사에 들어왔더라구요...

성실하다고는 하는데, 뭐 제가 보기에도 딱 좋은 것 같습니다. 그쪽에서는 연락이 왔습니까?... 아 네... 아무튼 걱정마세요 대표님, 제가 보내는 애들이 다른건 몰라도 성실하니까요...

예예...

네? 아이고~ 매번 그렇게 챙겨주시면 제가 너무 죄송한데~ 예예, 감사합니다.

박팀장이 음료수 캔뚜껑을 열자, 그 소리를 들은 강상무가 놀라며 뒤를 돌아본다.

박팀장이 미소지으며 가벼운 목인사를 한다.

　　강상무 : 예예, 그럼 다시.. 다시 제가 연락드리겠습니다.

전화를 끊는다.

박팀장 : 아직 안가셨네요?

강상무 : 어? 어… 어, 가야지 이제.

박팀장 : 건운이 가는 회사 전화인가봐요?

강상무 : 어? 어… 맞어 그래, 확인차 전화 해봤어.
         가야겠네 이제.

박팀장 : 아니 저, 상무님. 그 회사가 좀 외진데 있나
         봅니다?

강상무 : 뭐요?

박팀장 : 조금 외진데 있다고 그러더라구요? 그.. 시
         설같은건 좀 어떤…

강상무 : 그런데 지금 바쁠시간 아닌가? 왜 나왔어요?

박팀장 : 아 네. 일해야죠.

강상무 : 얼른 마시고 가서 일 하세요 그럼… 나는 갑
         니다.

  강상무가 밖으로 나가고 박팀장이 말없이 인사를 한
후, 음료수를 마신다.

화창하지만 몸이 가볍게 느껴지지는 않는 뻐근한 아침, 경춘선 상봉역.

전철역 안이 한산하다. 매점에서 거스름돈을 주고받는 상인과 손님의 표정도 왠지 무미건조함이 느껴진다.

전화통화를 하는 사람 옆으로 건운이 큰 가방을 메고 교통카드 충전기에서 충전을 하고 있다.

충전을 마치고 전철이 있는 쪽으로 나가려는데, 화장실이 보인다.

건운이 화장실에 들어와 소변을 보는데

벽에 걸려있는 액자의 모서리부분에 명함같은 것이 붙어있다.

자세히 보니 '떼인 돈 받아드립니다. 심부름 환영'이라는 광고 쪽지이다.

전국 방방곡곡 어느 공중화장실에서나 흔히 볼 수 있는 쪽지이지만 무슨 일을 하게 될지 아무런 정보도 없이 결단을 내린 터라 평소와는 다르게 느껴진다.

어쨌든 무표정한 얼굴로 볼일을 마무리하고 밖으로 나간다.

대기중인 전철에 승객들이 하나둘씩 올라타고 건운 또

한 그들의 뒤를 잇는다.

전철 안에는 사람들이 많지 않아 자리가 많다.

홀로 전철을 탈 경우에 가장 편한 자리인 문 옆 자리에 자연스레 앉는다.

문이 스르륵 닫히고 잠시 정적이 흐르는 가운데 건운이 이어폰을 끼고 머리를 뒤로 기댄다.

평소에도 일을 마치고 집에 돌아왔을 때 여자친구의 깜짝 방문과 함께 아기자기한 밥상을 앞에 두고도 우울한 음악을 틀고 분위기를 잡았었고, 택배회사직원들과 여름 바캉스를 떠날 때도 항상 그런 음악을 틀곤 했다.

오늘도 역시 그저 그런, 어두운 분위기의 음악이다.

창밖으로 여러 가지 풍경이 보이고 풍경을 잠시 감상하다가 전철 안에 있는 여러 모습의 사람들을 둘러본다.

경춘선 노선의 절반 이상의 역은 놀러가기에 적합한 지역이라 다들 가방이 적당히 크고 무거워 보인다. 천마산을 가시는지 물컵이 하나씩 주렁주렁 달려있는 가방을 메고 계신 할머니 할아버지들, 포근한 산 속에 저기 창밖으로 계곡이 내려다보이는 펜션을 예약 해뒀을 것만 같은 단내나는 커플, 건운처럼 목적지가 어디일까 궁금해지는 홀로 앉아있는 사람들.

다시 고개를 돌려 풍경을 감상하기를 반복한다.

한시간 반쯤 지나니 목적지인 춘천역에 들어서고 있다.

들어있는 건 간단한 세면도구와 옷가지 밖에 없는 길이
가 길고 두툼한 가방을 챙겨 들고 빠른 걸음으로 하차해
계단을 밟는다.

역 밖으로 나와 두리번거리며 몇 걸음 걷다보니 옆쪽
에 흡연구역이 보이고 그 곳으로가 담배를 꺼내 불을 붙
이는 순간, 옆에 덩치가 있는 한 남자(두억)가 다가와서 담
배를 태우기 시작하고 건운은 살짝 반걸음정도 옆으로 이
동한다.

'두억'이 몇 모금 빨다가 건운의 얼굴을 쳐다보고는
주머니에서 사진을 꺼내는데 사진과 건운을 번갈아 보면
서 비교하다가 사진을 다짜고짜 건운에게 보여준다.

건운의 증명사진. 건운이 당황스러운 표정으로 두억을
본다.

두억 : 이거 당신 같은데?

건운 : 예?... 아, 네.

두억 : 이건운?

건운 : 예... 아, 그 회사...?

두억 : 가서 얘기하자.

두억이 무심한 듯 이동하고 이어서 건운이 조심스레 따라간다.

두억의 낡은 차를 타고 춘천 시내를 통과중이다.

차의 꽁무니에 차이름도 아무 것도 없어서 차종은 모르겠지만 클래식하고 묵직한 이런 차는 지금은 구하기도 힘들고 구하려면 고물차가 아니라 고급차 값이 나갈 듯하다.

조수석에 앉은 건운은 긴장된 표정으로 앉아있고, 두억은 역시 무표정으로 운전 중이다.

예전엔 번화가였을 것 같은 작은 마을을 지난다.

옛날 그대로의 간판들, 2층이 전부인 건물들.

글쎄... 지금 건운의 동네 분위기와 비슷하면서도 뭔가 비교할 수 없을 만큼의 여러 가지 수없는 사연과 인생사가 느껴지는 마을이다.

마을을 지나니 그나마 있던 자그마한 교차로도 더 이상

보이지 않고 이차선 도로 옆으로 흉가처럼 보이는 폐가가
여러 채 보이기 시작한다. 날도 조금 어두워져간다.

이제는 완전한 시골길이다. 주위에 나지막한 산이 보이
고 옆에는 논, 밭이 보이는 도로를 달리는 중.

건운은 불안한 표정으로 창밖을 둘러본다.

건운 : 촌구석이라고 듣긴 들었는데, 너무 깊은데요?

두억 : 조용히 일 하는 게 정신 건강에도 좋다.

건운 : 예...

이 사람 뭐지? 나이는 더 먹은 것처럼 보이긴 하지만 왜
초면에 반말을 하는건지...

앞으로 같이 일하게 될 상사인 것은 분명하니 고분고분
맞춰주긴 한다만 이 일에 대한 첫 인상이 좋지 않다.

다시 몇 초의 정적이 흐르다가 두억이 앞쪽의 시계를
보는데 '7:58'이다.

그러고는 매우 침착하고 능숙한 표정으로 건운의 눈치
를 한번 보더니

컵홀더에 있던 담배를 한 개비 꺼내 입에 물고 불을 붙

이고 한 모금 빨고는 또 다른 컵홀더에 있던 방울토마토 몇 알을 먹는다.

건운이 힐끔 쳐다본다.

두억 : 뒷자리 봐봐. 검은 봉다리 하나 있을거야.
건운 : 예.

건운이 몸을 뒤로 돌려 뒷자리에서 무언가가 담긴 검정 봉지를 끌어온다.

안에 물건을 꺼내자 일회용용기에 담긴 방울토마토가 있다.

두억이 힐끔 쳐다본다.

두억 : 몇 알 썰어 먹어. 더 가야되니까.
건운 : 예, 그럼... 잘 먹겠습니다.

입에 넣고 톡하고 터지는 방울토마토의 과즙을 느껴본다. 달콤함과 물컹물컹한 내용물, 예상했던 맛이 느껴지고 한 알을 더 입에 넣는다.

오물오물 씹고 다시 그 맛을 음미해 본다.

분명히 예상했던 맛이었는데 이상하게 몸이 축 처지고 눈을 깜빡거리는 건운.

갑자기 졸음이 몰려온다는 느낌과 동시에 아까 춘천까지 오는 전철 안에서 들었던 우울하고도 암울한 분위기의 음악이 은은하게 들리는 듯하다.

그동안 20대 답지 않게 유행하는 대중가요도 모를 만큼 이런 우울한 음악에만 빠져 듣고 살았지만 음악에 취한다는 얘기가 이럴 때 쓰는 거구나라고 느끼며 눈을 감는 건운.

값비쌀 것 같은 고물차가 얼마나 달렸을까.

허름하고 음산한 분위기의 집앞에 선다.

두 명의 남자(박준배, 이태천)가 대문을 열고 나와 조수석 문을 열고 쓰러져있는 건운을 들고 들어간다.

어두운 분위기의 방 안에 두 개의 소파와 그 중간에 테이블이 보인다.

한 쪽 소파에 쓰러져있는 건운.

조금씩 정신이 들어 몸을 일으키는데 여러명의 발자국

소리가 들리더니

　　두억, 박준배, 이태천이 들어온다.

　　건운이 어리둥절한 표정으로 소파에 정자세로 앉고, 앞
자리에는 두억이, 그리고 박준배와 이태천은 한 쪽에 서
있다.

　　두억 : 우리하고 평생 함께 일하게 되어 반갑다.

　　건운은 아직도 어리둥절한 표정이다.

　　두억 : 이곳이 뭐하는 곳인지는 내가 말로 하는 것
　　　　　보다 직접 보는게 좋겠지만… 그래도 일단은
　　　　　짧게 설명을 할게.

　　건운이 주위를 한번 둘러보고는 다시 두억을 본다.

　　두억 : 자! 간단하다. 세상엔 개씨발놈오 쓰레기새끼
　　　　　들이 너무 많아…
　　　　　그런데 그걸 잡아 족칠 사람이 없어. 영웅이

없어...

그래서 우리가 하는거야.

'영웅'... 영, 웅.

건운 : 저 죄송한데 확실히 어떤 일인지...

두억 : ...음, 일단 간단한 일부터 좀 하자.

또다시 어떻게 잠이 들었는지 모르겠다.

정신없는 하루가 갔다.

날이 바뀌고 이른 새벽이 되었고 예전에 군대에 있던 시절 아침점호를 받으며 맡았던 새벽냄새가 난다.

자전거 두 대가 보이고 두억과 건운이 나란히 서있다.

대문이 열리자 박준배와 이태천이 커다란 가방을 하나씩 들고 나와서 각각 자전거 옆에 놓는다.

두억 : 저 쪽으로 가면 소각장이 있는데,

조심해서 가져다 주고와.

두억이 손가락으로 가방을 가리킨다.

건운 : 이게 뭡니까?

두억 : 그건 가보면 알거고, 태천아, 이제 니가 고생
안해도 되겠다. 마지막으로 다녀와. 길도 알려
줄겸.

태천 : 예, 알겠습니다.

태천이 건운에게 가방하나를 들어서 건네주는데 무게
가 꽤 무겁다.

첫 페달을 밟는 건운. 돌아가는 체인소리과 바람소리가
건운의 심장소리와 함께 빨라진다.

차가운 느낌의 산속.

속도는 빠르지 않지만 무거운 가방 때문에 힘든 표정의
건운이다.

태천 : 잘 기억해둬요! 내일부턴 그쪽 혼자 가야되니
까!

건운 : ... 네!... 근데 좀 쉽시다!!

태천 : 뭐요?

잠시 멈추고 물통 뚜껑을 열어 건운에게 건네는 태천.

　　건운 : 먼저 드시죠?
　　태천 : 됐어요. 난 담배나 필랍니다. 출발한지 5분도
　　　　　안됐구만 뭐가 힘들다고…

건운이 멋쩍은 듯한 표정으로 물을 마신다.

　　건운 : 아니 근데, 이 가방에 든 게 뭐길래 이렇게
　　　　　무거워요?
　　태천 : …후～ 가보면 안다니까요.

건운이 못 참겠다는 듯, 가방을 열려고 하자 태천이 깜
짝놀라 소리친다.

　　태천 : 어!!! 뭐해요 뭐!
　　건운 : 살짝 봅시다.
　　태천 : 아～ 씨! 가서 보라니까 이 양반아!

살짝 열린 틈으로 묶여있는 비닐재질의 매듭이 보이고,
태천이 곧바로 닫는다.

　　건운 : 참나, 뭐길래…
　　태천 : 참을성 존나 없네. 갑시다 빨리!

다시 출발한 두 사람.
　바람소리, 새소리, 나뭇잎 스치는 소리와 더불어 수많
은 나무들 사이로 저 멀리 집 한 채가 보인다.
　금방 해가 떴다.
　허름한 집 한 채와 그 앞에 있는 야외평상.
　옆쪽에 자그마한 소각장과 커다란 굴뚝이 보인다.
　그 앞으로 태천과 건운이 차례로 서고, 집에서 중년의
남자가 나온다.

　　주인 : 아이고~ 새로온 양반이구만.
　　　　　이제 나랑 만날 일이 많겠네.

건운에게 악수를 청한다.

건운 : 예. 이건운입니다.

주인 : 이건운씨? 그래요 그래. 잘 지내봅시다.

태천 : 오늘 한명인거 아시죠?

주인 : 그렇다더구만. 빨리빨리 처리하고, 아침먹자!

두 개의 가방이 가마 옆에 놓이고,
태천과 소각장 주인이 건운의 눈치를 보다가
건운에게 말을 한다.

태천 : 놀라지 마요.

주인 : 에이~ 그래, 뭐... 이깟거에 놀라면 앞으로 여
　　　기서 못버티지. 봐요, 봐! 뭐가 들었는지...

건운 : 네?

태천이 담배를 꺼내 불을 붙인다.
소각장 주인이 가방을 열고 봉지의 매듭을 푼다.
건운, 태천, 소각장 주인의 표정이 모두 굳어있다.
가방 속에 있는 것은 토막난 시체.
건운이 소각장주인과 태천을 번갈아 보며 뒷걸음질 치

고, 태천이 건운을 따라간다.

　구역질을 하는 건운,

　담배를 끄고 침을 뱉는 태천,

　가마에 토막들을 집어넣는 소각장주인.

　진한 연기가 피어오르는 굴뚝이 건운의 심정을 말해주는 듯하다.

　잠시 뒤, 야외평상에 밥상이 차려져있고, 소각장 주인과 태천이 맛있게 식사를 한다.

　건운은 힘없이 평상에 걸터 앉아있다.

　　주인 : 이번에 시내나가면 고기 좀 사와라. 돼지던
　　　　　소던 아무거나... 씨발 남들이 보면 "아니 저
　　　　　집양반은 허구한 날 고기먹나봐" 그럴겨. 맨날
　　　　　고기타는 냄새나니까. 근데 씨발 정작 나는
　　　　　고기 먹은지 너무 오래 됐네.
　　태천 : 내일 사다드릴게요.
　　　　　...인상펴요. 뭐 대단한 일이라고...

태천이 건운의 상태를 살핀다.

　주인 : 나둬.

소각장 주인과 태천이 계속해서 말없이 식사를 하고,
건운이 그런 그들을 멍하니 본다.
조용한 가운데 그릇소리와 쩝쩝거리는 소리만 날 뿐이다.

서울 시내 한 커피전문점.

강상무가 야외테이블에 앉아서 커피를 마시며 담배를
태우고 있다.

벨소리가 들리고 전화를 받는다.

　　강상무 : 예, 대표님 어디십니까?... 예, 저는 지금 말
　　　　　　쓰하신 장소에 와있습니다...
　　　　　　예예... 아 그러세요? 예, 여기 야외 테이블...
　　　　　　아, 예~ 여깁니다!

커피전문점 쪽으로 걸어오는 진연희 대표와 그 옆에 정
장을 입고 있는 채현석이 보인다.

강상무가 일어나서 인사를 하고 현석이 의자를 빼자 진
대표가 앉는다.

내년에 오십이라고 믿기 힘들정도의 빼어난 미모와 쉽
게 말을 걸 수 없을 것 같이 차가운 기운을 갖고 있는 여
자다.

　　진대표 : 아~ 씨발, 이제 나이들어서 힘드네. 얘한테

53

맡기던가 해야지. 앉아요. 앉아.

강상무 : 아이고~ 많이 피곤해보이시네요.. 근데 왜
여기로 부르셨습니까?

진대표 : 의뢰인을 여기서 만나기로 했는데, 그 전에
두곤리 소식 좀 들어볼까하고...

채현석이 진대표의 입에 담배를 물려주고 있다.

강상무 : 아~ 예. 이건운이요?

현석이 불을 붙이려다가 잠시 멈칫한다.

강상무 : 현석이 너도 얘기 들었지?

현석 : 예, 알고 있습니다.

진대표 : 지금쯤이면 일에 대해서는 대충 설명 들었
겠네. 조만간 한번 가지.
애좀 보여주면 그나마 빨리 적응하겠지뭐.

강상무 : 금방 적응 할겁니다. 말씀드렸지만 깡도 있
고, 또.. 돈도 필요한 나이 아닙니까.

니가 잘 알거아니야.

대표님한테 말씀 좀 드리지 그랬어. 걱정하
지 마시라고. 하하하~

무표정한 현석.

진대표 : 얘만큼만 하면 되지뭐.

강상무 : 그럼요 그럼요. 아니 근데, 의뢰인은 언제쯤
　　　　 온답니까?

진대표 : 오겠지뭐 이제... 가만있자... 두곤리를 오늘
　　　　 갈까?

　　　　 강상무님 시간되죠?

강상무 : 오늘요? 뭐... 그러시죠뭐.

진대표 : 두억이랑 얘기도 좀 할 게있고, 너도 이건
　　　　 운이 하고 얘기 좀 나눠봐. 딴 생각 못하게
　　　　 끔. 알지? 뭔말인지...

현석 : 예? 예...

진대표 : 의뢰인 상담 마치는 대로 출발합시다. 아오
　　　　 ~ 지랄하고 하소연 듣는 것도 지겨운데..

난 이제 직접나서는건 그만 해야겠어.

강상무 : 하하하~ 그래도 좋은 일 하신다 생각하셔
야죠 뭐~

다시 돌아와 두곤리 작업실.

건운이 힘없이 소파에 앉아있고, 두억이 들어와 앞에
앉으며 담배를 건넨다.

아무런 반응이 없는 건운.

두억이 건네던 담배를 내려놓고, 혼자 담배를 태우기
시작한다.

두억 : 니가 본건 쓰레기야.

어두운 표정의 건운.

두억 : 사람 시체가 아니라 쓰레기야, 쓰레기.
지금 이 순간에도 복수를 계획하고 꿈꾸는
사람이 얼마나 많은지 모르지?
우린 그런 사람들을 도와주는거야.

무슨 소린지 알겠어?

건운이 테이블에 놓아둔 담배를 태우기 시작한다.
몇 초간 정적이 흐르다가 건운이 말을 꺼낸다.

　건운 : 뭔소린지 모르겠구요...
　　　　그냥 못 본 걸로 하겠습니다.
　두억 : 못 본 걸로해?... 그게 뭐야, 그런게어됬어. 봤
　　　　음 본거지.
　　　　그럼 가겠다고?... 어?...
　건운 : 평생 입 다물테니까, 뭐...
　　　　그냥 제가 원래 하던일을 하는 게...
　두억 : 야! 준배야!
　준배 : 예!
　두억 : 갖고와봐!

박준배가 무언가가 들어있는 검정비닐봉지를 가져오고,
이태천도 손바닥만한 손가방을 들고 들어온다.
검정봉지와 손가방이 테이블에 올려지고,

두억이 봉지 안에서 일회용 용기에 든 방울토마토를 꺼내는데, 두억의 차 안에서 건운이 먹었던 것과 동일하다.

두억 : 알지? 이거.

두억이 손가방을 열고 주사기와 어떠한 용액을 꺼내서 태천에게 건넨다.

태천이 주사기에 용액을 빨아들이고는, 테이블로 한 발짝 다가온다.

테이블에 놓여 있는 용기를 열어 방울토마토 한 알을 들어올린다.

두억이 무표정으로 건운을 보고 있다.

주사바늘이 방울토마토의 꼭지 밑부분을 찔러 천천히 들어가는데 그것을 보고 있는 건운이 놀라기 시작한다.

바늘이 어느정도 들어간 뒤, 용액을 삽입한다.

몇 초간 정적.

두억 : 넌 지금 여기가 어딘지도 모르고, 어느쪽으로
　　　　가야 시내가 나오는지도 모를 거야…

무표정인 건운.

> 두억 : 어차피 뭐, 도망을 가봤자 우린 여기를 너무
> 잘 아니까 너 하나 잡는 건 금방이고... 그러
> 니까 이왕 이렇게 된 거, 일이나 열심히 하자.
> 일 한만큼 월급도 줄거고... 아! 근데 니가 전
> 에 일하던 거기보다는 훨씬 더 많이 벌거니
> 까 걱정말고...
> 그러다가 니가 이 일에 어느정도 적응이 되
> 면... 여기가 어딘지, 어디로 가야 시내가 나오
> 는지, 다~ 알려줄거야. 일을 계속 할지 안할
> 지는 그때 가서 다시 결정해도 되고...

그때, 작업실 앞으로 불빛이 보이더니 진대표의 차가
들어온다.
세 명이 차에서 내리고 대문 앞에 선 뒤, 현석이 전화를
건다.

> 현석 : 예, 대표님 모시고 왔습니다.

작업실 안, 태천이 전화를 받고 있다.

　태천 : 어, 오셨다고? 알겠어.

전화를 끊고 현관 쪽으로 나간다.

　준배 : 대표님 오셨나봅니다.
　두억 : 연락왔었어?
　준배 : 아니요, 없었습니다.

건운이 눈치를 본다.
현관문이 열리는 소리가 들리자 두억이 방을 나간다.
준배가 건운에게 따라오라는 손짓을 한다.
준배를 따라 방을 나가자 현관쪽에서 태천이 들어오고
그 뒤로 강상무가 들어오는 것이 보인다.

　강상무 : 아이고~ 잘 계셨습니까~

두억이 악수를 나누고,

강상무를 보고 놀라는 건운.

뒤를 이어 진대표와 함께 현석이 들어온다.

현석을 본 건운이 놀람과 동시에 현석 또한 건운을 발견한다.

두억 : 오셨습니까.

진대표 : 내가 들르지 않으면 얼굴보기가 힘드네?

두억 : 그렇게 되네요. 바쁘다보니까.

진대표 : 엠병할 바쁘긴... 일 좀 더 줘야겠어.

강상무 : 하하하하~

두억이 살짝 미소를 짓고 건운과 현석이 눈빛을 주고받는다.

한 명도 빠짐없이 어색하고 가식적인 분위기 속에서 넓은 테이블에 모두가 둘러앉는다.

상석에 진대표가 앉아있고 가까운 자리부터 강상무, 두억, 준배, 태천, 현석, 건운 순서이다.

도자기 주전자에서 술이 흘러나오고 작은 술잔에 채워진다.

진대표 : 새 식구가 들어왔는데 안와 볼 수가 있나.

긴장된 건운의 표정, 현석의 표정도 어둡다.

강상무 : 저기... 저 일단은 인사를 좀 드려야지?
정식으로 인사 안드렸잖어?

아무런 반응이 없는 건운.
몇 초간 정적이 흐르다가
두억이 현석을 한번 보더니 술을 한잔 마신다.
두억과 눈이 마주친 현석은
재빨리 건운에게 눈치를 준다.

현석 : 저, 잠시 얘기 좀 하고 와도 되겠습니까.

진대표가 담배를 꺼내 불을 붙이며 고개를 끄덕인다.
현석이 건운에게 다가가 귓속말을 한다.

현석 : 형님, 담배한대 태우시죠.

현석이 건운을 데리고 나간다.

작업실 대문 밖으로 나오는 건운과 현석.

한쪽구석 바닥에 앉는다.

둘 다 한숨을 쉬고는 말을 하지 못한다.

건운이 먼저 말을 꺼낸다.

건운 : 이래서 연락이 안된겨?

현석 : 강상무한테 잘못 걸렸죠 뭐… 형님도 잘못 걸
　　　리셨네요.

건운 : 썹새끼.

현석 : 형님, 어차피 이제 방법 없어요. 살아남아야죠.
　　　어디로 튀지도 못해요.

건운 : 야, 씨발 도대체 뭔 일을 하는 거여.
　　　사람 죽이는겨? 죽인걸 그거… 시체 배달하면
　　　되는겨?

현석 : 뭐… 간단하진 않은데… 소각장은 다녀오셨나
　　　보네요?
　　　당분간은 아마 계속 소각장으로 운반 작업
　　　하셔야 될 거예요.

건운 : 그 다음은.

현석 : 의뢰인이 지목한 사람을 잡아오면 의뢰인이
　　　원하는 대로 두억형님이 작업을 하실 거예요.

건운 : 의뢰인?

세상에 쉬운 일은 없다.

모두가 나름대로 각자 하는 일이 있고 그 일로 인해 생
계를 유지한다.

인간이 못하는 일은 없다고 할 만큼 셀 수 없는 많은 종
류의 일이 있지만, 인간으로써 해서는 안 되는 일은 존재
한다.

자신의 이익을 위해 타인에게 피해를 주는 일.

물질적인 피해, 직접적으로 정신적, 육체적 피해를 주
는 일은 우리의 머릿속에 절대 해서는 안 되는 일로 인식
되어있다.

하지만 인간의 '본성'이란 무엇인가?

아, 그전에 '복수'에 대해 생각해 보자.

한 인간이 세상에 태어나서 죽을 때까지, '복수' 할 일이
몇 번 이나 생길까?

'복수'라는 것은 내 잘못으로 일어날 수도, 남의 잘못으로 일어날 수도 있는 일이라고 생각하기에 앞으로 세상을 살면서 그런 일이 누군가에게 일어난다 하더라도 크게 이상할 것도 없을 것이다.

하지만 만약 가족 또는 가족과도 같은 친구들이 '복수'할만한 억울한 일이 생겼다며 도움을 요청한다면, 망설임 없이 모든 것을 동원해서 그 '복수'를 성공시킬 것이다.

사람의 '감정'에는 기준이 없기 때문에 '복수'의 정도가 사람마다 각각 다르지만 분명한 것은 반드시 원인제공자가 있고, 극히 작은 일이라도 원인제공자에 의해 생긴 일을 바르게 되돌려 놓을 필요가 있기 때문이다.

그런데 만약 나와 관련된 사람이 아닌 다른 사람의 '복수'를 돕는 일이라면 어떨까?

건운이 하게 되는 일이 바로 그런 일이다.

이 일이 남에게 피해를 주는 일인지, 아니면 도움을 주는 일인지는 각자의 판단에 맡겨야 하지만 분명한 것은 사회적 약자의 편에 서있다는 것이다.

예를 들어보자.

한 남자가 병에 담긴 음료수를 마시며 골목을 걷고 있다.

목이 탔는지 몇 모금 만에 병을 비우고는 쓰레기통을
찾고 있다.

골목 구석을 보니 마침 전봇대 옆에 여러 개의 빈 박스
와 함께 쓰레기가 한 뼘쯤 채워져 있는 봉투가 보인다. 남
자는 바로 봉투 안으로 병을 던져 넣고 유유히 골목을 빠
져나간다.

병이 봉투 안으로 들어가는 순간 쩽그랑 하고 깨지는
소리가 들렸지만 신경쓰지 않았다.

잠시 뒤, 폐지와 공병을 줍는 할머니가 그 곳을 지나다
가 전봇대 옆 박스를 정리해 담고 병을 골라 내기위해 봉
투를 거꾸로 뒤집어 쏟는다.

그 과정에서 몇 시간 전 남자가 던져 깨져버린 병 조각
이 할머니의 손목을 스치면서 큰 상처가 나고 많은 양의
출혈이 동반된다.

평소 걷기조차 힘든 할머니는 주위를 둘러보며 도움을
요청하지만 아무도 없다.

출혈은 계속 되고 골목을 빠져 나갈 동안 할머니의 몸
은 버텨주지 못하고 결국 쓰러진다.

과다출혈로 할머니는 안타깝게도 사망에 이른다.

이런 상황을 생각해볼 때, 누가 저 할머니를 죽였다고 생각하는가?

법적으로 볼 때, 분리수거를 하지 않고 병을 봉투에 던져버린 저 남자를 피의자라고, 살인자라고 볼 수 있을까? 그건 힘들 것이다.

그날 저녁 뉴스에도 할머니는 그냥 공병을 줍다가 자신의 실수로 인해 사망했다고 보도가 될 것이다.

세상의 잣대와 딱딱한 기준들로 봤을 때 억울한 것들,

이럴 때 두곤리 사람들은 무조건 할머니의 편에 선다.

물론 그 남자의 입장을 보면 매우 억울할 것이다. 하지만 어쩌겠는가.

이미 두곤리 사람들은 할머니의 손자로 빙의가 된다.

이런 것을 생계수단으로 삼은 것뿐이다.

어차피 결국 누군가는 웃고 누군가는 우는 것은 바뀌지 않는다.

조금 더 약자의 편에 선다는 것뿐이다.

건운도 이 일을 시작 하게 된다.

서울 시내 어느 유흥가 골목,

어지러울 정도로 여러 가지 술집 간판들,

술에 취한 사람들.

모텔 골목 저 끝에서 오토바이를 탄 배달기사(채사장)가 다가온다.

어느 모텔 앞에 선 뒤, 90년도 스타일 네온사인의 모텔 간판아래 입구로 음식가방을 들고 들어간다.

카운터에 있던 '경사장'이 '채사장'을 보고 웃는다.

경사장 : 일찍 왔네?

채사장 : 어제 마누라 쉬었다아이가, 내는 밤새고…

경사장 : 들어가자.

1층 맨 끝방으로 들어간다.

108호 문을 열자 건운이 다방 여자와 함께 침대에 누워 담배를 피우며 TV를 보고 있다.

두 사장이 안으로 들어간다.

건운 : 아이고~ 오셨습니까.

　　　 가봐 이제, 형님들이랑 애기 좀 하게.

다방여자 : 후~ 알겠어요.

채사장 : (여자의 엉덩이를 만지며) 이게 얼마만이고~

　　　 으이?

다방여자 : 아이 왜이러셔 또…

채사장 : 새벽에 다시 올래? 애기는 마 금방 끝날기다.

　　　 경사장님이 옆방 따로 안 내주시긋나?

경사장 : 또 존나게 소리 낼라고?

　　　 지난번에 '미세스 신' 왔을 때 보니까 채

사장이 더 시끄럽데?!

건운이 웃는다.
다방 여자도 웃으며 겉옷을 입고 있다.

　　채사장 : 아이고 마, 무신 소리고!
　　경사장 : 우리 방음이 썩 좋지는 않은거 알잖어.
　　　　　　건운 동생이 시끄러워서 잘 수 있겠어?
　　채사장 : 에이 그럼 고 옆에, 옆에 방 주면 될 거 아
　　　　　　이가!
　　다방여자 : 누가 있다가 온데요? 나 안올건데?
　　채사장 : 뭐라꼬?
　　다방여자 : 오늘은 피곤해요. 안올래!
　　채사장 : 아이 왜에에~ 올기가, 안올기가? 올기제?
　　다방여자 : 몰라요, 저 가야돼요~

채사장이 여자를 감싸 안고 여자는 간지러운 듯 팔을
풀려고 한다.

건운 : 형님도 참, 떡줄사람은 생각도 없는데 떡 칠
생각하고 계시네.

바닥에 펼쳐져있는 음식들과 술병.
건운, 경사장, 채사장이 바닥에 둘러 앉아있다.
채사장이 휴대폰을 꺼내 전화를 건다.

채사장 : 여보세요? 어, 낸데... 그 아~들보고 오도바
이 좀 가져가라 캐라.
어, 그리고 내 오늘 여~서 잔데이.

채사장이 전화를 끊고
셋이서 건배를 한 뒤 마신다.
건운이 속주머니에서 두 개의 돈 봉투를 꺼내 둘에게
건넨다.

경사장 : 아이고, 이렇게 금방 안줘도 된다니까~
채사장 : 그래 맞다~ 꼬박꼬박 맞춰 줄라꼬 안 해
도 된다.

건운 : 에이~ 딱딱 맞춰 드려야 서로 좋지 뭘 그래
요. 다음주에 한 건 더 들어와서 한번 더 부
탁 좀 드리려 그러죠.

채사장 : 요즘엔 일이 우째 그렇게 금방금방 들어오
노?

경사장 : 세상이 더럽잖어. 점점 갈수록 더...
병신같은 새끼들도 많고...
그럼 다음주에도 이번처럼만 하면 되는건가?

건운 : 예, 어차피 시나리오는 매번 똑같으니께요,
그때그때 상황따라 처리해 주시면 되죠.

채사장 : 이번엔 뭐꼬?

건운 : 간통, 그리고 폭력... 이혼도 안해준데요.

채사장 : 아이고 드러버라. 정도껏 해야제, 그래가 마
누라가 의뢰 한기네?

경사장 : 죽여버린다고?

건운 : 그렇겠죠.

채사장 : 우리야 뭐, 하는 게 있나? 벨거 하는 거 없
는데도 이렇게 돈만 받아서 우짜노?

건운 : 에이~ 제가 이런 일을 어디 가서 부탁합니까..

도와주시는 것만으로도 감사하니까 그렇죠.

건운이 소주 한잔 들이킨다.

잔이 비워지고 알싸한 소주가 목으로 넘어갈 땐 아무런 생각도 들지 않는다.

어쩌면 아무 생각도 들지 않는 다는 것이 좋아서 매일같이 술을 마시는 건지도 모른다.

이 일을 하면 할수록, 하루하루 지날수록

'램프 증후군(Lamp Syndrome)'이 더욱더 심해지는 것 같다.

동화 '알라딘과 마술램프'에서 램프 속 마법의 거인 '지니'를 깨워내듯이 걱정이라는 환영을 붙들고 스스로를 괴롭히는 과잉근심 현상을 나타내는 말로 쓸데없는 걱정을 하는 것을 말한다.

택배회사에 있을 땐, 그때 나름대로 걱정거리가 많았었지만 담배 한 개비로 충분히 지워버릴 수 있을 정도의 적당함 이었다.

하지만 지금은 다르다. 이 일을 한다는 것 자체가 끊임없는 걱정과 안 좋은 상상을 하게 만든다.

다음날,

운전 중인 태천의 얼굴이 보인다.

그 옆 조수석에 탄 건운이 피곤한 듯 의자를 조금 눕힌다.

　태천 : 일 따왔어?

　건운 : 씨발 피곤해죽것다. 좆만한거 하나여.

　태천 : 배부른 소리하고 있네, 씹새끼. 밖에 나오는

　　　　 걸 감사하게 생각해.

　　　　 원래 시체배달하고 있어야 될 새끼가.

　건운 : 지랄하고 앉았네. 내가 일을 잘 따오니까 그

　　　　 런 거 아니여 임마.

　태천 : 가서 배달이나 해 이 개새끼야.

조금씩 산과 들이 보이기 시작하고,

건운과 태천이 탄 승합차가 한 쪽 길로 빠진다.

작업실 앞, 승합차가 들어와 서고 건운과 태천이 내려
대문을 열고 들어간다.

소파에 앉아 있는 두억, 그 앞에 준배, 태천, 건운이 앉
는다.

건운이 신상정보자료를 두억에게 건넨다.

건운 : 잡아오는 건 다른 애들에 비해 쉬울 것 같은
데, 일단 의뢰인 오면 자세한 얘기를 나눠봐
야 될 것 같습니다.
두억 : 하루에 한 놈씩은 작업해야지. 오늘 새벽엔
태천이 일거리 했고,
이거는 빨라야 낼 모렌데...
너는 요즘 많이 한가하다?
준배 : 죄송합니다.
두억 : 일거리 없으면 진대표한테라도 가서 일 좀
따와... 어? 가만있지 말고.
씨발 그 년이랑 좀 자주던가. 일 따기 힘들면
은.. 이 썹새야.
준배 : ...
두억 : 태천이 아침에 정리 했나?
태천 : 아니요. 아침에 의뢰인 데려다 주고 오느라
아직 못했습니다.
두억 : 냄새 나기 전에 갖다 주라니깐... (건운을 보며)

　　　　니가 하는 일이 잖어.

　건운 : 아, 예… 어제 잠시 나갔다 온다는게…

　두억 : 할 일은 하고 살어 새끼야.

　　　　니 밑에 한 놈더 쓸거니까 그때 까지만 해라.

　건운 : 예.

　대문 앞에 자전거가 세워져있고, 그 옆에 커다란 가방
이 있다. 작업복으로 갈아입은 건운이 대문을 열고 나와
가방을 멘다.

　자전거를 타고 힘차게 달린다.

　같은 시각, 진대표의 사무실.

　진대표가 자리에 앉아 담배를 태우고 있다.

　반쯤 타들어간 담배.

　한 모금 더 빨고 재떨이에 끈다.

　그 때, 노크 소리가 들린다.

　진대표 : 들어와.

한 쪽 손에 노트를 든 현석이 들어온다.

　　진대표 : 뭐야?
　　현석 : 두곤리에서 연락이 왔습니다.
　　진대표 : 그래? 뭔일이래?
　　현석 : 사람을 한명 더 쓸 계획 인가봅니다. 저한테
　　　　　 알아보라고...
　　진대표 : 사람을 더 쓴다고?...

진대표가 잠시 진지한 표정을 지으며 혼잣말을 한다.

　　진대표 : 애들 많이 쓸 필요 없는데...

곧바로 전화기를 들어 번호를 누른다.

　　진대표 : ...어, 강상무? 난데, 사람하나 구합시다.
　　　　　 그래, 일단 한명만...
　　　　　 아, 그 전에 두곤리에 좀 다녀와... 뭐? 왜?
　　　　　 (짜증이 얼굴에 묻어난다)

… 강상무, 자리잡았다고 씨바 머리쓰지말
　고～…
　　직접 갔다와. 애들 시키지말고… 그래, 끊어.

짜증나는 표정으로 전화를 끊는 진대표.

　진대표 : 좆만한 새끼가 좀 키워놨더니…
　　　　　가서 맥주 좀 사와라. 시원하게 마시게.
　현석 : 예.

산 길을 달려 소각장에 도착한 건운.
가마 옆에 커다란 가방이 놓인다.
땀에 젖은 건운의 얼굴.
허름한 방에서 주인이 나온다.

　주인 : 아니, 왜이리 늦어?
　건운 : 그렇게 됐어요. 형님한테 한소리 들었음돠.
　주인 : 다저녁에 와서 어떡할라그랴? 자고가야것네.

어두워진 주위, 허름한 집 앞 조명만 빛난다.

　건운 : 그러게요, 오다보니 이렇게 됐네. 아오 몇 년
　　　　　동안 다녔는데도 힘들어.
　　　　　뭐 마실거 좀 줘요.
　주인 : 얌마! 그람 술이나 한잔 하자.
　　　　　앉어 앉어 앉어.

오랜만에 혼자가 아닌 누군가와 술을 마실 생각에 신이
난 주인이 술상을 차린다.
　술상에 돼지머리고기가 먹음직하게 보이고 소주잔에
소주가 채워진다.

　주인 : 크~ 아오 씨밤바 존나 알싸하네.
　건운 : 그러니께 평소에 술이나 마시러 건너오시라
　　　　　니까.
　주인 : 갔다가 오는게 더 귀찮어 임마.
　건운 : 하여간 충청도 양반. 귀찮은 거 참 많네.
　주인 : 어린놈이 주둥이만 살아가꼬... 넌 충청도 아

녀 임마? 쪼마난 새끼가.

건운 : 그러니께 말이예요, 뭐하러 이 멀리까지 와서
　　　소각을 하는지… 그냥 저기 작업실 옆에 있으
　　　면 편하겠구만. 술도 자주먹고…

주인 : 몇 번을 얘기하냐 임마.
　　　야, 니네들… 시체타는 냄새 맡으면서 살 수
　　　있것냐?

떨떠름한 건운의 표정.

주인 : 거봐라 씨바. 그니께 내가 희생하는 거여.

건운이 씁쓸한 미소를 지으며 소각장주인에게 술을 채
워준다. 자신의 잔에도 술을 채운 뒤, 주인과 건배를 하고
마신다.
　어두운 저녁, 그리고 산, 옆으로는 시체타는 흐릿한
연기.
　그 아래 평상에서 술을 마시고 있는 두사람의 모습이
왠지 장례식장의 조문객들 같다.

살을 태우기 딱 좋다는 아침 햇살 아래로

'택배'라는 간판이 어렴풋이 보이고

책상 위에 '상무 강영기'라고 써진 명패가 보인다.

강상무가 커피를 마시며 찝찝한 표정을 짓고 있다.

몇 초간 그렇게 멍하니 커피만 마시며 있다가 벽에 있는 시계를 확인한다.

09시 25분.

　　강상무 : 옘병할, 시간이 많이 됐네.

수화기를 든다.

　　강상무 : 차 대기시켜.

건설 현장 입구 안쪽,

여러 장비들이 보이고 사람들도 바쁘게 움직인다.

사무실로 쓰고 있는 컨테이너가 보이고

그 앞에 건설현장소장과 직원이 대화를 나누고 있다.

그 때, 입구로 강상무의 차가 들어오자 소장이 놀란 듯

맞이한다.

　소장이 뒷문을 열고 강상무가 내린다.

　　소장 : 어이고, 상무님 연락도 없이 어쩐 일이십니까?

　　강상무 : (현장을 훑어보며) 갑자기 부탁할게 있어서...

　　소장 : 어떤...

　일을 하고 있는 여러 노동자들이 보이는데 그 중 젊고
어려 보이는 이들도 몇몇 보인다.

　조금 거리를 두고 서있는 강상무와 소장.

　　강상무 : 내가 사람이 하나 필요한데... 말 잘 듣고 깡
　　　　　　좋고 돈 욕심 많은 애로다가...

　　소장 : 예? 어디에 쓰실 건지...

　　강상무 : 진대표님 일하시는데 일손이 부족하신가봐.

　　소장 : 아, 예～

　　강상무 : 음... 알바생들 중에 그런 애들 없어? 오갈
　　　　　　데 없고 돈 없는 애들...

　　소장 : 저... 근데 무슨 일을 하시는데...

83

저... 진대표님 일이면 좀 위험한 거 아닙니까? 그냥 소개시켜 드렸다가 문제생기면 저희쪽에도...
잘 아시잖습니까...
제가 아는 이상에는 조..금 곤란할 것 같은데요...

찜찜한 표정의 강상무.

강상무 : 자네... 여기 자재비 얼마나 나왔지?

소장의 굳어지는 표정.

강상무 : 여기서 소장노릇하고 있는 것도 누구 덕인지 알잖아...
소장 : 아이고 그러믄요. 알지요...
강상무 : 그러면은 얘기 길게 만들 필요 없잖아.
그냥 부탁하면 그대로 들어주면 되는 거야
자네는... 처음 부탁하는구만...

소장 : 그럼요, 그럼요 그래야지요...

그런데... 저도 윗사람들 눈치가 있으니까 불안하기도 하구요.

자세히 말씀을 해주시면 저도 대처할 수 있게끔...

강상무 : 이봐, 이봐. 왜 말귀를 못 알아들어. 이상하네, 이 양반.

내 덕을 좀 많이 봤다라는 거는...

결국엔 진대표님 덕을 봤다는 얘기지...

내가 지금 전화해서 여쭤봐야되나?

강상무가 겁을 주기위해 전화거는 시늉을 한다.

강상무 : "대표님! 지금 여기 도착을 했는데요, 이 양반이 그동안 대표님께 받은 걸 다 까먹었다네요. 대표님이 하나하나 알려주시겠어요?"

이렇게 해?

소장 : 아... 아닙니다...

강상무 : 자네는 머리 쓸 필요 없어. 걱정 말고 부탁

이나 들어줘.

알바생들 명단 좀 볼까?

　소장 : 예? 아, 예예...

　소장이 사무실 쪽으로 빠른 걸음으로 가고, 강상무는 담배를 문다.

　잠시 후,

　강상무가 차 문을 열고 여유로운 얼굴로 올라타고 소장이 허리를 굽혀 인사를 한다.

　차가 건설 현장을 천천히 빠져나가는데 소장은 아직 허리를 펴지 않는다.

　뒷자리에 앉아있는 강상무, 휴대폰을 꺼내 전화를 건다.

　강상무 : 예, 대표님. 지금 서울 들어가고 있습니다.

　　　　　 아이고 그럼요, 그럼요. 확실하게 뚫었습니다.

　　　　　 보니까 저 양반도 요리가 잘 됐네요. 하하하하.

　　　　　 역시 대표님이시네요.

　　　　　 하하하하하하하!!!!

논현동 어느 골목 pc방.

모자를 눌러쓴 한 남자가 들어와 자리에 앉는다.

구석에 있던 사람이 컴퓨터를 끄고 나가는 것을 보고 잽싸게 그 자리로 옮긴다.

비회원 카드번호를 입력하고 인터넷을 열어 한 사이트에 들어간다.

게시물 제목들을 보니 '자살사이트'이다.

(글을 훑어보니 아주 불쌍하고 안타까운 사람들의 이야기)

게시물을 하나하나 살피는 중에 휴대폰 진동이 울린다.

액정에 '건운 형님'이라는 글씨가 보인다.

　　남자 : 네 형님, 한 시간 뒤에 연락처 보내드릴게요.
　　　　　일단 대충 봐도 벌써 두 명 정도 보이네요.
　　　　　네, 네 그쪽으로 보낼게요.

두시간 뒤,

경사장네 '테마모텔' 주차장 안으로 검정색 승용차 한 대가 들어간다.

익숙한 듯 출입구 옆 칸으로 주차를 하고 운전석에서

건운이 내린다.

　카운터로 들어서자 경사장이 맞이한다.

　　경사장 : 딱 맞춰서 왔네. 2층 끝방이여. 211호.

　　건운 : 네 형님, 아 맞다. 6미리짜리 담배한갑만 주세

　　　　　요. 들어가면 최소 한시간이니까.

　　경사장 : 응응 그래야지.

　경사장이 카운터 서랍을 열자 국산, 수입산 할 것 없이

여러 종류의 담배가 보인다.

　그중 하나를 집어들고 건운에게 건넨다.

　건운이 카운터위에 작은 성냥갑도 챙겨서 계단으로 올

라간다.

　계단을 오르자마자 끝 쪽에 211호로 향하고

　문 앞에 서서 담배에 불을 붙인다.

　몇 모금 길고 깊게 들이 마시고 내뱉기를 반복하고

　문을 열고 들어간다.

　신발을 벗고 고개를 들어 안을 들여다보니 개량한복 풍

의 정갈한 옷차림의 40대 후반으로 보이는 여자가 침대에

걸터앉아 있다.

　　건운 : 안녕하세요~

　최대한 친절하고 상냥한 말투, 그러나 가벼워보이지는
않는 얼굴표정으로 인사를 건넨다.

　　여자 : 아, 네...
　　건운 : 뭐.. 안녕하지 못하니까 오셨겠지만서도...

　티테이블을 여자의 앞쪽으로 놓고 의자를 끌어다가 마
주보고 앉는다.

　　건운 : 잠시만요.

　빠르게 담배 몇 모금을 하고는 컴퓨터 책상 위에 재떨
이를 티테이블 위에 올려 담뱃불을 끈다.

　　건운 : 자, 편안~하게 시작해 볼까요?

불편해 하실 건 없고, 뭐.. 불편하시겠죠 불편하시겠지만 최대한 편안하게 마음을 잡수시고 말씀해보세요.

아 그전에 성함이...

여자 : 정 현숙이예요.

건운 : 아, 네 음.. 현숙..누님이라고 부를게요. 그게 낫겠네요.

불편하신가?

정현숙 : 아니요, 괜찮습니다.

건운 : 예, 그럼 시작해보세요. 시간도 충분하니까 편하게요.

정현숙 : ...

사람이 사람을 두려워하고 불편해하고 평생을 눈동자라고는 거울에 보이는 내 눈동자, TV화면에 아나운서의 눈동자만 볼 줄 알지 다른 사람의 눈을 본적이 있긴 있나 싶어요.

남들 앞에선 말도 잘 못하고 숨 쉬는 소리조차 쑥스럽고 부끄러워하는 사람이예요 저...

이런 제가 이런 데에다가 의뢰를 했다는
게 스스로 믿기지가 않고..

무슨 자신감인가 싶고, 그만큼.. 나라는 사
람을 여기까지 오게 할 만큼 그 사람이 저
한테 얼마나 심하게 했는지를 다시한번 알
게 되니까 소름끼치더라구요.

오늘도 여기 주소 알려주셨을때도 아무 생
각 없이 왔다가 모텔이라는 거알고 나서
바로 그냥 다시 돌아갈까 생각했어요.

속에서는 그 사람에 대한 복수심이 불타오
르는데 이런 장소 때문에 다시 돌아갈 뻔
했어요. 제가 이래요 이만큼 성격이 소심하
고 바보같아요.

음... 의뢰한 이유는 대충 들으셨겠지만, 남
편... 남편이예요 그 사람이요..

원래는 그런 사람은 아니였는데요.

...학원에서 만났어요 운전면허학원이요.

스물세 살 때였는데, 그 사람은 서른 살이

였구요.

그땐 제가 학원에 가서 등록을 했다는 것
자체가 대단한 일이었어요.

어릴 때 학교가서 가만히 앉아서 수업을
듣다가도 선생님과 눈이 마주치기만하면
끝날 때까지 고개 푹 숙이고 책만 쳐다보
고 있었거든요 쑥스러워서요. 근데 운전면
허 학원에서 누군가를 옆에 태우고 운전을
배운다는 거 상상도 못했죠. 그냥 그런 제
가 싫었고 뭔가 제 삶 전체를 뒤집어버리
고 싶었어요. 살고 싶었어요 당당하게... 마
음을 꽉 부여잡고 학원을 하루하루 나가기
시작했어요 근데 역시 쉽지 않더라구요. 필
기는 어떻게든 됐는데, 운전석에 앉아서 문
을 닫고 벨트를 끌어당겨다가 매려고 오른
쪽으로 몸을 살짝 돌리는 것부터가 부끄러
웠어요. 진짜... 싫었어요 그런 제가... 사람들
은 저의 그런 모습을 하나같이 다 싫어하
고 답답해하고 짜증스러워했거든요. 그런데

그 때 제 옆 조수석에 앉아있던 그 사람이
요.. 운전강사였어요 그 사람..... 그 사람은
달랐어요.

그런 제 모습을 보고 신기하게도 귀여워해
줬거든요. 처음엔 그래.. 저러다가 결국은
답답해하겠지 조만간 강사가 바뀌든 내가
학원을 나가든 그렇게 되겠지... 근데 시간
이 지나도 그 사람은 변하지 않았어요. 이
런 모습 하나하나를 다 좋아해 주고 예뻐
해줬어요.

학원을 다니고 면허를 딴 것은 아무런 의
미도 없고 필요없었어요. 그 사람을 만나게
된 것 만으로 모든 게 다 풀렸다고 생각
했어요.

그렇게 우린 만나기 시작했고 결혼했어요.
저를 밝은 사람으로 만들어 준 것 만으로
그 사람은 제 부모님에게도 최고의 사위였
어요. 결혼 한 뒤에도 정말 행복했어요. 그
사람이 변하기 시작한건 4년 전 쯤이예요...

　　　　　저.. 물좀 마셔도 될까요?
　　건운 : 아 네네.

　　건운이 팔을 뻗어 작은 냉장고에서 생수를 꺼내고 티테
이블 위 종이컵에 물을 따른다.
　　정현숙이 그 물을 마신다.

　　정현숙 : 고맙습니다.
　　건운 : 계속 하세요.
　　정현숙 : 네, 그 때쯤부터인 것 같아요.
　　건운 : 4년전이라고 하셨나요?
　　정현숙 : 네.
　　건운 : 흠... 저도 그때부터 인생이 이렇게 됐네요...
　　　　　　뭐, 어쨌든 계속 말씀해보세요.

　　건운이 담배를 한 개비 꺼내 태우기 시작하고
　　현숙도 말을 잇는다.

　　정현숙 : 처음부터 사랑이 아니었어요. 그 사람은 나

를 흔치않은 여자라는 그 희소성을 좋아한 거지 나를 좋아한게 아니더라구요. 그땐 몰랐고 돌아서서 생각해보니 그래요. 맞아요, 그랬어요 그 사람... 전 사랑같은거 한번도 해본 적이 없어서 이런건가보다.. 하고 살았는데 정말 이건 아닌 것 같더라구요.

후.. 말하기 창피하고 수치스럽지만 이십여 년간 살면서... 음.. 부부.. 부부관계요. 그런 부분도 생각해보면 우린 사랑이 담긴 사랑을 한번도 해본 적이 없어요. 매번.. 매번 그 사람이 하고싶을 때, 내 몸을 물건 다루듯이 끌어당겨서 옷을 벗길 때.. 그럼 그때부터 전 연기를 해야돼요. 내가 덩달아 흥분해서 스스로 옷을 벗는다든지 반응없이 가만히 있는다든지 너무 강하게 거부한다든지 그러면 안돼요. 딱 적당하게 조금은 느끼면서.. 약간의 신음소리를 내면서.. 잡힐 듯 말 듯 개구리처럼 그렇게 반응을 해줘야 해요. 그렇게 맞춰주는 게 그 사람을 위한거고 사랑이라고 생각했어요. 나또한 그게 내 만족이 된다고 생각했구요. 성격이 이래서 그렇지 저.. 보기 보다 성욕이 강한 편이예요. 그걸 성격 속에 감추고 살았는데 그 사람을 만나게 되면서 조금씩은 풀기도 했지만 그건 그냥 말그대로 하루이틀이었고 내가 원하는 타이밍, 장소, 체위... 아무것도 없었어요.

한번은 그 사람 친구 부부랑 인왕산을 오르기로해서 한 차로 가는 길이었어요. 그 사람 친구가 운전을 하고 조수석엔 친구 와이프, 저희는 뒷자리에 있었는데 출발한 지 30분쯤 됐을 때 그 사람이 내 손을 잡더니 자기 그... 그 부위에다가 올려놓는 거예요. 그러다 곧바로 바지 속으로 제 손을 집어넣는 거예요. 너무 놀랬죠. 근데 그 상황에서 소리를 내면 서로 민망한 상황이 될까봐 눈치를 주며 손을 빼내려고 했지만 제 힘으로 되나요. 안되죠... 그래.. 차라리

저 사람들한테 이런 거 들킬바에 조용히 만족시켜주자.. 그게 수치심을 덜 느끼는 방법이라 생각했고 조심스레 손을 그 사람이 원하는 대로 움직이기 시작했어요. 그러다 주차장에 도착하는 바람에 상황이 끝났지만 문제는 그 날 밤이었어요. 근처 오리구이집에서 간단히 1차를 마치고 그 사람이 미리 잡아둔 민박집으로 옮겨서 술자리를 계속 했어요. 글쎄요.. 거기서부터 문제가 시작됐어요. 그 사람한테 나는 이렇게 이 정도밖에 안되는구나.. 전 술을 많이 마셔본 적도없고 취한다고 한들 그런 실수를.. 실수라고 할 수 있을까요?.. 그 날 그 사람이 어떻게 했냐면요. 조그만 방안에서 그 부부가 바로 앞에 있는데 갑자기 일루 가까이 와 보라며 끌어당기더니만 제 윗옷을 찢다시피하고 한 손을 내리더니 제 아래를.. 막 만지는거예요... 아니... 아니 참.. 진짜 놀랄 정도가 아니라 너무나 큰 충격

이었어요. 바로 앞에 그 친구부부가 있는
데두요... 집에서 내가 노리개라고 느껴졌을
때.. 설마 설마 아니야 내가 너무 쓸데없이
깊게 들어가는 거라고 생각했지만 그때 그
상황은 그냥 마치 그런 바보같은 제 머릿
속을 누군가가 들여다보다가 이건 아니다
싶어 비빔국수 비비듯이 쓱쓱 긁어서 비비
는 느낌이라고 할까요.. 그랬어요. 제가 몸
부림을 치고 그러다 친구부부가 말렸지만
결국은 자기네들 방으로 가버리더라구요.
놀랐겠죠 그 사람들도.. 자기들 눈 앞에 정
상적인 부부가 아니라 주인과 노리개의 아
주 역동적인 모습을 봤으니까요.

전.. 이게 뭔가 싶었어요. 그날부터 내 애기
를 하기 시작했죠. 그 사람한테요. 내 생각
을 말하기 시작했어요. 이건 부부가 아니라
고. 같은 위치에서 서로를 바라보는게 아니
라.... 술집 여자도 돈을 받는데 나는 그것도
아니고 이게 도대체... 후.....

감정이 격해져 말을 잇지 못하는 현숙.

　건운 : 흠.... 네, 참.... 그럼 그렇게 말을 하면 그 남자
　　　　가 뭐라던가요?
　정현숙 : 그날부터 전 노리개가 아니라 노비가 됐어
　　　　요. 더 처참해졌어요. 차라리 이대로 조용
　　　　히.. 해달라는대로 하면서 살걸... 이기지도
　　　　못할거 대들긴 왜대들었을까..
　　　　그때부터 때리기 시작하더라구요... 이건 아
　　　　니다 도대체 나한테 무슨일이 일어나고있
　　　　는건지.. 당장 그 사람한테서 도망치고 싶
　　　　지만 우리집 엄마생각이 자꾸.. 엄마봐서
　　　　참자... 다 그만두고 끝내자고 조금만 대들
　　　　기라도하면 니 애미 충격받아 쓰러지는건
　　　　너만 손해라며 날 이러지도 저러지도 못하
　　　　게 했어요. 협박이죠..
　　　　이젠 노리개 역할마저 없어졌어요. 그냥 노
　　　　비요... 집에서 일하고 하라는거 하고.. 뭣도
　　　　없는 놈이 자존심은 있어서 결혼생활 망가

진거 주위에 들키고 싶지 않나봐요. 아무
런 소용이 없어요. 날이 지날수록 제 얼굴
에 멍만 더 진해지고.. 일부러 잘 보이는 데
만 골라서 때려요. 밖에 못나가게요.. 나가
서 괜한 소문낼까봐 그러겠죠. 다른여자랑
집에 들락거리는 거 또한 보고만 있을 수
밖에요..

건운 : 네? 딴 여자를 델고온다고요? 다 보는데요?

정현숙 : 네...

건운 : 와.. 씨바새끼.

정현숙 : 그 여자 속옷이요.. 제가 빨아요.

자고나서 다음날 나가면 침대... 침대 정리,
그 옆에 쓰레기통이 있는데 그 안에 콘돔
까지... 그냥 우리집이 모텔이 됐고 전 거기
서 일하는 아줌마예요 그냥...

음..,

음.....

한번은요.. 한번은...

그 여자랑 같이 들어와서는 안방으로 들어

가더라구요.

전 언제부턴가 안방엔 청소할 때 말고는 못들어가거든요. 거실 한쪽에서 자요. 아무튼 그날은.. 갑자기 들어오라고 하더라구요. 그 여자 있는데두요.

들어갔죠..

근데...

흠...

그 둘은 다 벗고 침대에 누워있었고,

침대 끝에 캠코더가 있었어요...

건운 : 설마요... 그거.. 맞아요?

정현숙 : 생각하시는거 맞아요..

건운 : 하...

정현숙 : 자기네들 하는거.. 찍으래요.

　　　　찍으래요 저보고....

건운 : 그래서요? 찍었어요?

정현숙 : ...찍었죠. 어쩌겠어요.

　　　　찍고나서 그 방을 나오는 순간 머리가 돌면서 토할 것 같더라구요. 화장실로 갔죠

바로...

다 게워내고 다용도실로 가서 주저앉았어요.

그대로 몇시간은 가만히 있었던 것 같아요.

건운 : 좆같은 새끼.

정현숙 : 제가 선택할 수 있는 건, 지금 이 방법 밖
에 없어요. 그 사람 깨끗이 없애고 우리 엄
마한테는 그냥 사고사로... 난 그냥 안타깝
고 안쓰럽게 남편과 사별한 미망인으로.. 그
렇게 되야만 해요...

남들 앞에서 숨 쉬는 것조차 부끄러워하던
여자를 이렇게 만든거.. 그 사람이예요..

어떻게 보면 그 사람이 절 이렇게 키웠네
요 강하게.

그 사람한테 운전도 잘 배워서 면허도 땄고
제대로 사람들 쳐다보고 죽이기까지 할 수
있게 사람 사는 법도 배웠네요.

잘 됐다고 생각...흡...

...

...

정현숙이 다 쏟아 부은 듯 흐느끼고

건운이 그녀를 안타깝게 쳐다보고 있다.

답답한 듯 좀 전에 꺼내둔 생수병 뚜껑을 열고 입속으로 들이붓는다.

　　건운 : 하.... 잘들었습니다.

　　　　　정 현숙님 의뢰내용 충분히 저희가 도움을 드릴만 하다고 생각됩니다. 준비는 금방 될 겁니다. 충분합니다 충분해.. 연락드릴게요.

　　　　　저.. 먼저 나갈테니까 진정이 좀 된 후에 카운터로 가시면 사장님이 안내해 주실거예요. 저희가 차를 준비했으니까요 집까지 안전하게 모셔다 드릴거예요.

　　　　　가시다가 집 근처 편한 곳에 세워달라고 하시면 돼요.

　　　　　보는 눈이 있을 수 도 있으니까요.

　　　　　자, 그럼 조만간 다시 뵐게요.

건운이 문을 열고 나가 계단을 내려와 카운터로 간다.

건운 : 곧 나올거예요.

경사장 : 응 그려. 뒷문으로 내보낸다. 차 도착했더라.

건운 : 네, 저 분 나오면 태워서 바로 출발하라고 하
세요.

다음 방 어디예요?

경사장 : 여기 1층이여. 103호.

크게 한숨을 한번 쉬고 103호로 향한다.

가끔 이런 상상을 할 때가 있다.

담배를 태우든 변기에 앉아 힘을 주고 있든, 그럴 때.
바로 그럴 때.

지금 내가 처해있는 상황을 싹 잊고

음... 잊는다기 보다는 그냥 덮어두고는 또 다른 인생을
상상하곤 한다.

인생의 목표를 이룬 뒤의 모습.

내가 만족하는 일로 인해 경제적으로 걱정거리가 없고
아침에 설렁설렁 일어나 TV를 켜고 신선한 아침 뉴스를
들으며 테라스로 나가 숨을 크게 한번 쉬며 오늘은 어디

로 놀러갈까.

차를 타고 나가 맑은 공기를 마시며 돌아다니다가 한가롭게 서있는 카페에 들어가 브런치를 즐기고 혼잡한 서울 시내로 들어가 한 푼 더 벌어보겠다고 애쓰는 많은 사람들을 마치 평가하며 한참을 바라보다가 저녁에 잘 통하는 사람들을 만나 적당히 술을 즐기며 하루를 마무리하는..

큰 틀을 봤을 땐 그렇고,

시험을 앞둔 수험생이라면 그동안 보지 못했던 영화를 전부다 다운받아놓고 먹고싶었던 배달 음식과 함께 즐기는,

군인이라면 제대하는 날 아침 위병소를 빠져나가는 그 순간을

수없이 많이 상상하곤 한다.

그러다 담배가 필터까지 타들어가든 다리가 저려와 더 이상 변기에 앉아 있을 수 없게 되든 어느 순간 그 상상에서 깨어 나오게 되면, 현실은 한심하기 짝이 없다.

그저 재떨이에 던져버리고 들어가서 시원한 물 한잔 해야겠다.

빨리 뒤처리를 깨끗이 하고 나가서 TV나 봐야겠다.

소소한 재밌거리로 그 커다란 허상을 지워버린다.

그 자체가 다 부질없고 초라하고 허망하지만

그런 것조차 느낄 틈이 없는..

아주 처참한 전쟁터에 놓인 사람들이 이제 보니 너무나 많다.

103호 문을 연다.

이번엔 50대를 훌쩍 넘긴 남자다.

　　건운 : 안녕하십니까.

　　남자 : 예예.

　　남자의 얼굴은 이곳저곳 주름투성이이고 머리는 하얗게 세었고 정수리 부분엔 탈모가 이미 많이 진행된 것으로 보인다. 길다란 국방색 야상..이라고 해야하나. 미안하지만 거적때기라는 표현이 알맞은 것 같다.

　　건운은 아까와 같이 마주 앉았다.

　　건운 : 먼저, 이렇게 용기 내주셔서 감사합니다.

그런 용기가 필요합니다. 절대적으로 당연한 일이라 생각합니다.

남자 : 맞는 일인지는 모르겠다만 틀린 일이라해도 어쩔 수 가 없지뭐. 방법이 없습디다.

건운 : 네. 맞는 일 맞습니다. 정답대로 잘 하고 계십니다.

성함이..

남자 : 심교형이라고 합니다. 이렇게 어린 양반이 올 줄은 몰랐는디...

건운 : 예... 어떻게 보실지 모르겠지만 좋은 일이라 생각하고 있습니다.

편한 동생이라 생각하시고 말씀시작하시면 되겠습니다.

말씀 낮추시구요.

심교형 : 음... 그래요. 그러지뭐... 마음 꽉 붙잡고 왔으니께.

건운이 담배와 재떨이를 테이블에 올려놓는다.

건운 : 태우시면서 해도 됩니다.

심교형 : 참... 그려 담배가 빠지기엔 섭한 얘기니께.

음... 내 집은 월곡동인디 어찌된 것이 사흘
중 이틀은 성북동이여.

그 집안에 얽힌 것도 언제부턴가 얽힌게
아니라 강제 천직이 된겨. 세상이 아무리
바뀌고 뒤집어졌어도 그냥 거기서 거기여.
삼대째여 씨부럴.. 남들은 삼대째 무신 대
단한 집안을 이어온다, 명맥을 유지한다 개
지랄들을 떨고 자랑스런 일들을 하면서 살
지만 우린 삼대째 종노릇이여.

조부때는 태어난 대로 잘난 놈은 잘난 놈,
못난 놈은 못난 놈. 그러키 사는게 당연지
사였지만 아버지때부턴 그게 아니었다고...
지가 성공하면 단번에 뒤집어가꼬 내가 부
리면서 살 수 있는건디 내 부친도 그렇고
나도 그렇고 그걸 못했어.

근디 그게 쉬운게 아닌겨. 아무리 개지랄
을 떨고 별 짓을 다하고 몸부림을 쳐도 태

108

생부터 물려받은게 있는 놈들 따라잡는건 구름에 매달리기여… 불가능이여. 아니, 내가 미친 듯이 뛰면 뭐할거여 개들은 가만 있나? 이미 날고 있는 새끼들인디.. 때려치고 나가봐야 뭐할겨. 여기보다 잘 주는데 없지. 그저 더 얹어준다 사탕발림에 자존심 버리고 이러고 사는거여. 그렇게 삼대가 한 집안 종으로 살아온게 이제 한 세기가 넘어 한 세기가…

생각해보면 그랴. 그 놈들이 강제로다가 우리를 끌어다가 종노릇을 시킨 것도 아니고 돈 준다니까 좋아서 그저 병신같이 이러고들 있는게 잘못인거지.. 그려 우리 집안이 병신집안이여 씨부럴… 근디 생각을 바꿔서 해보면 말이여. 우리가 말이지. 강제적으로 끌려와가꼬 이러고 있는거면 뭐 욕지거리를 듣고 손찌검 발찌검 다 받겠단 말여. 근디! 그렇게 아니고 딱 정당하게 보수를 받고 일을 하는 고용주, 고용인 관계란 말이

여! 근디 왜! 조선시대 노비마냥 욕먹고 맞

으면서 해야댜! 응? 어뗘?

얘기해봐.

건운 : 음.. 네, 그러네요.

심교형 : 뭐가 그러네요여? 얘길 해보라니께?

건운 : 일단 이렇게 들어서는 그 놈들이 나쁜놈인건

알겠는데요.

뭐를 어떻게 했는지 자세히 좀 들려주셔야

되겠는데요.

이거 한 대 태우시면서 천천히 말씀해 보세요.

심교형에게 담배를 건네고 불을 붙여준다.

심교형 : 후... 그려.

건운 : 저도 한 대...

심교형 : 펴요 펴. 뭐여뗘..

아무튼 그래가꼬.. 후...

그놈들이 해도 너무한다 이거여. 한번 들어

봐봐.

나는 자식이 없어 자식이. 내 밑으로도 이 꼴 만들기 싫어서 나는 애초에 계집을 만나질 않았어. 만날 여웃대가리도 없었지만 은… 그냥 나하나 잘 먹고 잘 버틸라고… 그러니께 애들 심보를 내가 뭘 아나? 왜 저 지랄인지, 뭔 말인지 알 수가 없지… 주인집 손자놈을 매일 아침에 학교에 델다줘야 하는디 고놈이 성질이 얼룩말이여. 얼룩말… 예전에 어른들이 그러드만.

얼룩말이 성질이 드러워서 지 스트레스를 못 이긴담서… 고놈이 딱 그려. 성질을 내기 시작하면은 지 썽을 못이겨서 미친놈마냥 먼 산을 보고 가만히 있는다고… 그럼 그걸 갖다가 나한테 뭐라그러는겨 주인네가.. 애를 어떻게 했길래 저 모냥이냐고. 고쳐 놓으랴 나보고. 안 그러면 신고해버린다고.. 월급도 깎아버리고 말이여.

아니, 내가 무슨 잘못이 있냐고.

내가 그러지, 내가 그랬단 증거있냐고..

그래봐야 소용없어. 늙어빠진 노인네 세상 물정 모른다고 죽고싶냐고.. 아니 애가 병든 닭마냥 시름시름 먼 산 보다가 기운이 좀 나면 온갖 떼를 쓰고말이지 본디 성격이 지랄맞는디 그걸 나한테 그러는거여.

그 집안이 주인네 노부부가 있고 그 밑에 나보다 십년쯤 어린 아들내미 부부, 고 밑에 그 아들내미거든. 노인네 부부말이면은 집안 누구할 것 없이 꿈뻑 죽어..

바깥 노인네가 내 조부랑 비슷비슷해요 나이가. 내 조부가 어릴 때부터 그 노인네 뒷일거리 다 해주고 살았잖아. 따라 댕기면서.. 그땐 우리 집안자체가 그 집안 밑에 있었으니께 어쩔 수 없었지만은 고생 많이 했어... 그래서 일찍.. 너무 일찍 사자밥을 본거...

지금 내가 그 집 손자놈한테 받는 스트레스를 똑같이 느꼈을거여 저 노인네한테서... 조모가 받은 고생은 뭐 말도 못햐.

그 노인네 조부모부터 부모네까지 삼시세 끼, 일년에 제사는 왜그리 많은지.. 열 번이 넘는 제사를 혼자서 다 준비하고 그런겨.. 아마 저 집안이 망하면 지들 조상 지들이 안 모시고 남일로 치른게 화근일거여.. 또 삼시세끼 뿐이여? 차 내가야지, 다과 만들어 올려야지..

빨래는 어쩔겨 빨래는. 그 많은걸 윗 사람들 옷부터 어린 것 똥기저귀, 또 저 노인네 부모가 금술이 얼마나 좋은지 밤만 지나고 나면 무조건 이불 빨래를 해야했었다는거여... 그걸 다 짊어지고 실개천까지 내려가서 빨아갖고, 물먹은거 그거 두세배로 무거워진걸 다시 갖고 올라온거아녀 매일같이 그걸...

울 엄니... 참.. 조모한테 그걸 고스란히 다 물려받았는디.. 하는 말이 뭔줄 알어? 참나... 그나마 시대가 좋아져서 실개천까지는 안 가도 된다고. 수도꼭지 생겼다고다행이라고 웃어넘기던게 생생햐 아주.

그땐 나도 암것도 몰랐지. 그냥 그런게비다 하고 '우리 할머니는 힘들었겠다' 그러고는 별 생각도 없었어 어렸으니께. 근디 대가리가 좀 크고나서 나도 그 집에서 이 짓거리하면서 생각을 해보니께 아주 피가 거꾸로 솟구치다못해 이 나이먹고도 크게 고함을 지르면서 울고싶더라고.. 내가 아주 순간순간 자꾸 이런거 저런거 생각이 나면은 지금도 눈앞에 아무것도 안 보이고 소리도 안들리고는 그때 엄니아부지한테 이 짓거리 그만하란 말을 왜 안했을까 답답하고 열불이 터져죽을 지경이여.

건운 : 저기.. 말씀중에 죄송한데요, 그런데도 형님께서는 왜 지금까지 그 집에 계신거예요? 그렇게 조부모님때부터 당하고 살았는데 이젠 형님부터라도 그만두시면 되잖아요. 복수같은거야 뭐 이런 방법이나 또 다른 방법으로도 하면 그만이고.. 좀 더 빨리 복수 하실 수 있었

을 것 같은데요.

심교형 : ...그려.. 그게 제~일로 답답하고 열불이 나는
거여 그게...

내가 그런 생각을 왜 안 했것어 왜. 후...

내가 왜 그렇게 못했냐면 말이여....

여기 가슴 속이 말이여. 깊숙이 말이여. 뭐
가 크나큰게 꾸욱 누르고 있는데다가 이
등짝부터 이 귀로 올라가면서 머리끝까지
열기가 쫘악 올라가서 말이여 이 옷을 갈
기갈기 찢어버리고 여깃는거 다 부셔버리
고 싶은 심정이여....

휴....

필터까지 타들어간 담배 꽁초를 재떨이에 끄고는
한 대를 더 꺼내 불을 붙인다.

심교형 : 흠... 조부모는 진즉에 돌아가셨지만은..

우리 엄니는 돌아가신지 이제 다섯달이여.

아부지는 작년이고...

그래서 이제야 하는겨 이제야..

저 씨부럴 개새끼덜이 내가 뒤집어 엎을라
고 할 때마다 우리 엄니아부지 들먹거리면서
'니 부모 인생끝자락에 길바닥냄새 맡음서
살게 하고 싶냐', '장례도 못치르게 만들어
준다'.....

개새끼덜...

나는 말이여.. 울 엄니아부지 그 고생하는
거 보믄서도..

'그려.. 저러다 여기서 돌아가시는게 낫것다
못볼꼴 드러운꼴 보는거보다.' 이렇게 꾹꾹
참으면서 그냥 빨리 돌아가시길 바랐다고
내가...

참... 웃기지 웃겨. 부모 고생하는 꼴 보기싫
어서 차라리 죽기만을 기다리는 자식심정
아무도 몰러... 가시기만을 기다렸어.

'가시면 내가 조부모 포함해서 울 엄니아
부지 몫까지 갚아드릴게.'

이러면서 살았다고 내가...

아침에 다섯시에 인나서 신문 가져다가 노인네 서재 문 옆 탁자에 올려두고 현관에 노인네꺼 주인아들내미꺼 구두 가져다가 마당에서 닦아놓고 어린놈 학교에 데려다주고 와서는 집안 청소를 시작해. 부엌에만 안들어가지 나머지 집안 구석구석 내 손이 안 닿는 데가 없어. 부엌엔 들어가지도 못하게 해 드럽다고.. 내가 드럽다고...

아무튼 낮에는 노인네가 젊을 때부터 모아둔 수석이 있어 수석이. 그걸 그냥 갖다 놓고 가만히 보기만 하면 되지 맨날 검사를 해. 난 그거 잘 모르지만 그 노인네는 그게 반짝반짝 빛나야 된다고 항시 닦아놓으래 그걸... 대충 봐도 큰거 작은거 다 해서 이백개가 넘어. 치약 싼거 있지? 그거 한 두어개 주머니에 넣고 한 손에 마른수건 들고 하나씩 하나씩 다 닦는거여.

미친 노인네가 병적으로 하나하나 다 검사를 하는데 하나라도 지 맘에 안 들면 날

불러다가 쌍욕을 하는거여. 내 조부모부터
부모 욕을 그렇게 해대면서.. 개새끼.. 그걸
아들내미가 보지? 그럼 날 아주 한심하고
하찮다는 듯이 쳐다보면서 은근하게 속을
긁어요 긁어..

물가져와라, 노인네 발 닦아드려라, 바지를
수십 장을 가져와서는 칼같이 다려놔라..

하루종일 그렇게 시달리는 거여.

근데 울 엄니아부지 가시고 나서는 날 붙
들어다 놀 건덕지가 없어진걸 지도 아는지
슬슬 내 눈치를 봐. 그때마다 느끼지. '그
려, 내가 계집질 한번 안하고 자식놈 안 만
든게 참 다행이여.' 속으로 그런다고..

저 놈한테 약점 잡힐게 없거든 이제...

그 새끼들 다 똑같은 새끼들인데

나는 딱 두 놈만 치면돼.

노인네하고 그 아들 놈.

노인네는 이제 골골대고 갈 때가 됐지만은
그래도 받을 건 받아야지.

　　　　두 놈 나란히 앉혀놓고, 아니 마주보게 앉

　　　　혀놓고 서로 최고로 고통스러운 꼴 보면서

　　　　죽게 할거여...

　　　　그게 다여. 그러고 나면 난 멀리 어디 조용

　　　　한데 가서 내밥 내가 지어 먹고 혼자 그렇

　　　　게 살거여.

　　　　흠... 생각만치 됐음 좋것네...

건운 : 네. 생각하시는 대로 무조건 똑같이 해드릴게

　　　　요. 무조건...

심교형 : 그려.. 그게 내 소원이여. 난 할말 다 했네

　　　　이제.

건운 : 빠른 시일 내에 좋은 날로다가 잡겠습니다.

　　　　힘드실텐데 다 말씀해 주셔서 감사합니다.

심교형 : 이거면 되것어?

건운 : 예. 충분히 들었어요. 고생하셨어요.

심교형 : 얼마가 들어도 좋아. 내 평생 그 놈들한테

　　　　받은 그 드러운 돈 다써도 좋으니까 신경

　　　　좀 써줘.

건운 : 걱정 안하셔도 됩니다. 확실하게 해드릴게요.

심교형 : … 난 이제 가봐야 것어. 너무 오래 비우면
　　　　꼬리 잡힐수도 있으니께.

심교형이 자리에서 일어나고 건운도 따라나선다.

건운 : 복도따라서 저 뒷문으로 나가시면 저희가 차
　　　　를…

건운이 잠시 멈칫한다.

건운 : … 형님, 제가 나이도 한참 어린데 이런말씀
　　　　드리기가 그렇지만.
　　　　지금까지 여자는 어떻게 참으셨는지 모르겠
　　　　네요. 상황이 상황이라 생각이 날 틈도 없으
　　　　셨겠지만…
심교형 : … 나도 남자여. 여자냄새 맡아보고 싶고 그
　　　　런적이 왜 없었것어.
　　　　근데 그건 그냥 아주 잠시잠깐 스쳐가는
　　　　거였지뭐..

건운 : 음… 어차피 저희랑 손 잡으신거 뒤는 확실하
　　　게 봐드립니다. 꼬리 잡히고 그럴일.. 없으니
　　　까. 한 시간만 더 있다 가시죠.

심교형 : 뭣땜에 그러는겨?

건운 : 조금만 기다려주세요. 다시 방으로 가셔서 조
　　　금만요.

영문을 모른 채 방으로 들어가는 심교형을 뒤로하고
카운터로 와 경사장에게 말을 건다.

건운 : 형님.

경사장 : 끝났어?

건운 : 예, 끝나긴 했는데요. 저기 103호에 아가씨 좀
　　　보내주세요.

경사장 : 왜 갑자기? 차 도착했는데?

건운 : 애들은 잠깐 기다리라고 하면 돼요. 지금 바
　　　로 전화해서 좀 불러주세요.
　　　끝나는대로 저 분 나오면 애들 차로 안내 좀
　　　해주시구요.

모텔 주차장으로 나온 건운.

차에 시동을 걸고 담배를 물고는 주차장을 빠져나간다.

두곤리 방향은 큰 도로로 나가야 하지만

반대방향으로 향한다.

의뢰인들을 만나고 나면 왠지 모르게 혼자만의 시간이 절실히 필요하다.

님비(NIMBY)현상, 핌피(PIMFY)현상, 바나나(BANANA) 현상 등 노비즘(nobyism) 사회라고 할 만큼 개인주의 시대이다. 크게 사회적으로 말하자면 그렇고 우리들 눈 앞에 펼쳐지는 아주 소소한 일들을 보면 모두가 각자 자기 자신만을 위해 살기 바쁜 세상이다.

사회가 우리를 이렇게 만든건지 우리가 점점 이렇게 변한건지 모르겠지만

어쨌든 순간순간 욕이 목구멍까지 타고 올라와 혀 끝에 힘이 들어가는 일이 잦아진다는 건 확실한 사실이다.

한번 예를 들어보자.

지하철을 탔는데 자리가 없다. 출입문 옆쪽 구석에 서서 손잡이를 잡고 있는데 다음 역에서 한 남자가 탄다.

그 사람의 성별과 외모는 크게 중요하지 않다.

행동거지가 매우 눈에 거슬린다.

이어폰을 끼고 건들거리며 들어와 역시나 내 옆 출입구 한쪽 구석에 선다.

'아나, 씨 바 꼴보기 싫어 아주 댄서 납셨네.'

이어폰에서 들리는 음악소리에 혼자만의 세상에 빠져 건들거리고 흔들거리는 저 모습이 아주 꼴사납지만 일단 거기까지는 나한테 직접적인 피해를 주진 않으니까 참는다.

그런데 출입문이 닫히려는 순간,

꼴사나운 춤사위를 멈추고 고개를 살짝 내밀어

열차와 승강장 사이로 침을 뱉는다.

'내리실 때 조심하시기 바랍니다'라는 안내멘트가 있을 정도로 전동차와 승강장 사이가 넓다지만 넓어봤자 얼마나 넓겠는가.

거기다가 침을 뱉어?

그 안내멘트가 저 양반에겐 그런 행동에 대한 허락의 의미로 들렸나보다.

아니 만약 여러 각도로 뱉어도 될 만큼 넓다고 해도

거기다가 침을 뱉는 그런 행동은 해서는 안되는 게 당연하다.

이런 상황에서 누구나 내 입장이 된다면,

참을 수가 없어 '아 씨바 존나 드럽네'라는 나의 친절한 안내멘트와 함께 쌍욕을 퍼부어주고 뒤통수라고 불리는 대가리의 뒤쪽을 힘껏 후려갈기고 싶은 마음이 생길 것이다.

하지만 남일이고 나에게 직접적인 피해가 없기 때문에 참는 것이다.

사회적으로 또는 이웃에게 피해가 가더라도 나에게 피해가 오지 않으면 그냥 그렇게 넘기고 술자리에서나 안주거리로 삼는 일이 당연한 시대가 되었다.

다들 그렇게 참고 넘어가는 것도 적지 않은 스트레스일 것이다.

건운은 이 일을 하면서 그런 부분에 대한 스트레스를 원 없이 풀고 있다.

사회를 상대로 하건, 인간을 상대로 하건 본인 이외에 다른 존재에 피해를 주는 그 모든 것을 사냥감으로 정해놓은 것이다.

충신동에 한 오피스텔.

엘리베이터가 11층에서 멈추고 현관 앞으로 걷는 건운.

현관 비밀번호를 잊은 듯 잠시 멈칫하다가 마침내 기억을 해낸다.

두곤리, 소각장, 테마모텔을 오가며 밤을 보내다가 얼마만에 집으로 온건지 확실히 기억이 나질 않는다.

검정색의 긴 소파, 그 앞에 테이블, TV, 주방에 싱크대까지

모델하우스 마냥 기본적인것 외에 아무것도 없는 집에

집안 곳곳을 떠다니다가 지들 맘에 드는 자리에 겹겹이 허옇게 앉은 먼지만 보이지만 굳이 그것들을 치울 필요를 느끼지 못한다.

그냥 잠시 담배나 태우고 적당히 깊은 생각에 잠길 때만 들르는 공간이다.

거실 창문만 활짝 열어두고는 소파 앞 테이블 위 먼지만 손으로 스윽 닦아내고 앉는다.

건운 : 일단 이번주는 두 명... 하...

주머니에서 손바닥만한 수첩을 꺼내고

손을 뻗어 TV 선반 서랍을 열어 펜을 집어 든다.

다리를 꼬고 숨을 한번 크게 들이마시고 수첩을 열어 적기시작한다.

　건운 : 정.. 현.. 숙.... 심.. 교.. 형.

　　　　주말까지 다 될라나...

휴대폰을 꺼내 전화를 건다.

　건운 : 어, 태천아 나여. 어, 좀 따냈냐?

　　　　아직이여? 새끼... 난 두 개여. 이번주말에 치

　　　　워버릴겨.

　　　　힘들진 않아보인다 이번엔..

　　　　어.. 쉽게 조용히 치울수 있을거여.

　　　　지난번 새끼처럼 윗대가리들이랑 관련없으니

　　　　께..

　　　　그려 일단 난 오늘은 쉬고 낼 들어갈겨.

　　　　그려 낼 봐.

일을 앞두고 있을때면 시간이 너무나 빠르다.

4년차라 적응될 대로 됐고, 크게 어려운 일도 아니지만 항상 부담감은 있다. 조금 더 마음을 가라앉히고 아무 생각없이 푹 쉬고 싶지만 눈을 감았다가 뜨면 그 날이다.

먹잇감을 잡았다는 소식이 들렸다.

건운이 두곤리 작업실 작은 방에서 옷을 갈아입는다.

소 한 마리를 정형할 때나 입는 희고 긴 복장을 입고 마찬가지로 흰색 장화,

두껍고 끈끈한 질감의 장갑을 낀다.

복장을 흰색으로 통일하는 것은

먹잇감들이 고통당하면서 자신의 피를 더욱 선명하고 적나라하게 볼 수 있도록 한 것이다.

이 또한 일종의 장치인 셈이다.

다 갖추고는 작업장으로 이동한다.

모든 벽면이 타일로 이루어져있고 잔인한 느낌을 갖고 있는 여러 가지 다양한 작업 도구들이 주렁주렁 매달려 있다.

방의 가운데에는 의뢰인이 앉을 수 있는 편안한 의자와

몸을 고정시킬 수 있게끔 만들어진 먹잇감의 의자가 마주 보고 있다.

그 사이로 높은 탁자가 하나 있고 그 위에 적당한 크기의 대야에 물이 담겨있다. 작업을 진행 하다보면 장갑을 끼고 있다고 해도 피에 젖어 끈적끈적해 지기 때문에 중간중간 씻어 낼 수 있도록 준비된 것이다.

건물 밖에서 먹잇감을 태운 자동차 소리가 들린다.

   태천 : 야! 준비 다 됐지?

태천이 작업장 문을 열고 준비상태를 체크한다.

   건운 : 어, 의뢰인은 옷갈아입혔냐?
   태천 : 다했다 다했어. 드디어 니 첫 손님이니까 잘
          해라.
   건운 : 그려 그려... 후.....

현관문이 열리는 소리가 들리고 검정색옷을 입은 두 명의 남자가 뻗어있는 먹잇감(정현숙의 남편)을 들고 들어온다.

동시에 두억의 방에서 두억과 정현숙이 나온다.

    태천 : 왔어요~ 왔어~
    건운 : 세팅하고 나가.

작업장으로 들어온 두 남자가 먹잇감을 준비된 의자에 앉히고 손과 발을 묶고나서 바닥에 고정되있는 부분이 혹시 흔들리진 않는지 확인을 해보고 밖으로 나간다.
이어서 두억과 정현숙이 작업장으로 들어온다.
의식을 잃고 축 쳐진 자세로 의자에 앉아있는 남편을 발견하고는
표정이 조금 굳어지며 긴장하기 시작한다.

    두억 : 저 앞에 의자에 앉으세요.
    정현숙 : 네.

남편 바로 앞에 마주보고 앉는다.
건운은 그 가운데 서있고 두억과 태천은 문 쪽에 서있다.

건운 : 시작하겠습니다.

두억 : 시작해.

건운이 대야를 들어 남자에게 두 번으로 나눠서 뿌린다.
남자는 조금씩 의식을 되찾는 듯 하다.

건운 : 정현숙씨는 이제 준비하시면 됩니다.

　　　하실 말씀이라든지 원하시는 것들요.

남자가 눈을 떳다.
주위를 둘러보다가 아내와 낯선 사람들을 발견한다.

남편 : 푸...

건운 : 너 누구야.

남편 : ...

건운 : 정신차려!

남편 : 뭐.. 뭡니까. 여..여보.

정현숙 : ...

건운 : 앞에 누군지 알아보겠어?

남편 : 당신들 뭐야! 이거 뭐야!

건운 : 여기 벌받는곳이야. 벌받는곳.

남편 : 여보! 뭐야 말 좀 해봐!

정현숙 : ... 내가.. 내가.

남편 : 뭐?

정현숙 : 내가 그랬어요. 당신... 죽이려고.

남편 : 뭐라는거야 뭐?

건운 : 잘못한게 있음 벌을 받아야지.

　　　당신 지금 벌 받으러 온거라고. 잘못한 거 없어?

　　　생각 않나? 난 다 알 것 같은데..

　　　당신이 당신 와이프... 아니 직접하시는게 좋겠는데요.

정현숙 : ...예.

　　　당신도 알잖아. 다 알잖아.

　　　그런 삶이 지속되지 않을 거라는 거 알고 있었잖아.

　　　인간이 아니었으니까 내 삶이..

　　　언젠가 내가 어떻게든 몸부림 칠 거라고

예상했었잖아.

안 그래? 도망을 치든 신고를 하든 어떻게 해서든지 당신 목을 조를 거라고 생각은 했겠지 당연히. 그런 생각조차 안했으면 당신은 진짜.. 정말 인간이 아니야.

그동안... 내가.. 살아온 걸 이 사람들한테 말하는데

그게 얼마나 수치스럽고...

남편 : 우리 이러지 말고...

정현숙 : 내가 말하잖아! 내가! 내가!!

당신이 지금.. 빠져나갈 구멍을 만들게 아니라 생각을 좀 하라고 생각을!!

건운 : 자~ 자자, 일단은 상황파악을 제대로 좀 시킵시다.

건운이 벽에 걸려있는 도구들 중 장도리를 집어든다.
남자의 반응이 거칠어진다.

남편 : 뭐하는 거야. 어? 뭐하는.. 이게.. 야!!

건운 : 첫 빵 들어간다 썹새야.

고정되어있는 남자의 한쪽 어깨를 내려친다.

정현숙은 차마 제대로 보지 못하고 한손으로 얼굴을 감싼 채 흐느낀다.

남편 : 아악!!!!!! 욱!!! 하아.. 아!!!!

건운 : 정신차려 씨벌놈아. 어?!!

　　　계속 하세요.

정현숙 : 흐..흠.... 후...

　　　....네. 할게요.

　　　당신..... 니가 좋아하는 그거.

　　　홉... 난 니가 내 몸 맘대로 만지고 시도때
　　　도 없이 내 기분은 상관없이 날 갖고 놀
　　　때... 진짜 언제 한번은 니 그거, 거기를 물
　　　어 뜯어버릴까 생각했었어..

　　　그동안 내가 많이 물어봤지.

　　　처음부터 날 여자로 생각했는지 아님 노리
　　　개감으로 생각했는지.. 그래, 설마설마... 여

133

자로 느꼈으니까 나 같은년 데리고 살겠지.
그렇게 매순간을 내 스스로 다독였었어. 그
러다 어느 날 가만히 생각해 보니까 넌 그
대답을 한번도 제대로 내 눈을 맞추면서
진심으로 해 준적이 없어. 눈을 보기는커녕
대답조차 해 준적이 없어.

그렇게 또 세월이 흐르고 내가 다시 물었지.
날 인간으로 생각하긴 한건지 아님 진짜
노리개로 생각한건지.. 여자이길 바라지도
않았어. 날 처음부터 인간으로만 생각해줬
다면 정말 다행이겠다...

그런데도 넌 대답을 안했어...

결국엔 내가 답을 얻었지 내가.

넌 날 인간으로조차 생각하지 않았어. 그냥
처음부터 노리개로 쓰려고 날 만난거야 병
신같은 나한테 접근해서..

왜! 왜!!

왜 거짓말도 못해? 어차피 이렇게 가두고
살거면 입에 발린 말이라도 조곤조곤 달콤

하게 해줄 수 있는거잖아.

적어도 초기에는!...

어쨌든 이 꼴로 사는건 똑같았겠지만 그래도 그 사탕발림에 속아서 산 세월만큼은 덜 힘들었을거야.

이제 다시 물어볼게. 응? 제발..

말해봐 제대로. 노리개로 생각했대도 상관없어.

니 생각을 처음부터 지금까지 다 말로 좀 풀어놔봐.

...

거친 호흡과 함께 눈물이 쏟아지고
남편은 여전히 겁에 질린 채로 입을 연다.

  남편 : 후.. 후.. 그래 내가 너한테 잘못 한건 맞아.
        근데 정말로 처음부터 그런건 절대 아니였어
        절대..
        음, 아니 원래 내가 다른 사람들처럼 깨끗하

게 살지는 않았지만 그래도 널 처음 만났을
때 그때는 진심으로 접근했어. 진짜야! 응? 그
건 믿어줘.

정현숙 : 뭐? 근데.. 근데 왜 왜 이렇게 만든거야 사
람을? 어?

남편 : ... 후... 음.

달랐어 조금.. 내가 생각했던 것보다는 달랐
어 니가...

난.. 난 그냥 가만히 있는게 좋아 가만히.

내가 뭘하든 누굴 만나든 그냥 넌 가만히 있
어야했어.

내가 원하는대로..

건운이 다시한번 남자의 어깨를 내려친다.

남편 : 아악!! 아!! 하아.. 흐으...

아아... 으 씨발 하....

건운 : 씨바새끼가.. 쓰레기네 개새끼.

정현숙 : 날 노리개로 생각한거야 처음부터...

남편 : 흐… 후… 씨부럴.

내가.. 내가 한가지 얘기해줄까.

너랑 내가 밥을 먹다가 내가 잠깐 전화를 받았었어.

한참 밥을 먹고있는데.. 어쩔수 없었지 중요한 전화였으니까. 잠깐 일어나서 거실 소파에 가서 통화를 했지.

근데.. 한 오분쯤 지났나?

니가 내 숟가락에 밥을 올리고 그 위에 반찬을 올려서 갖고왔어 나한테.. 그리고 내 입에 넣어주려고했어.

난 그게 싫어 그게!!

넌 그냥 내가 하라는 대로 가만히 있었어야지.

내가 아무말도 안했는데 왜 니 맘대로 행동하는거야 왜!

건운 : 이 새끼가 무슨 소리하는거여 지금?

그래 더 입놀려봐 새끼야.

남편 : 넌 그냥 거기 식탁에 가만히 앉아서 먹지도 말고 내가 통화 끝나고 돌아올 때까지 기다

렸어야지.

내가 누누이 말했잖아. 가만히 좀 있으라고..

깝치지 말고 그럴땐 그냥 그 자리에 가만히 있는거야.

난 처음엔 니가 그런 앤줄 알고 만난거야. 어? 그런 앤줄 알았다고.

우리 둘이 뭘 하다가 잠깐 내가 벗어나면,

따라와서 챙긴답시고 하는게 아니라 그냥 그 자리에 있는게 정답이라고!

건운 : 와~ 나 이새끼좀봐라. 씨바 그게 말이여?

이 새끼 미친놈이네 제정신이 아닌새끼여.

정현숙 : 으흐흐 흐하하.. 하하하하하

정현숙이 정신을 놓는 듯 하다.
헛웃음을 내기 시작한다.

정현숙 : 하하하하하하 호 하하하하하하

끄윽.. 하하하하하하

실성한 듯 숨이 막히도록 웃는다.

  정현숙 : 그거야? 그거?

          니가 원한게? 그럼 넌 처음부터 인간을 데
          리고 살려고 한게 아니네 어? 인간이고 뭐
          고 필요없이 그냥 말 잘 듣는 거 하나 데
          리고 사는 거였네..
  남편 : 처음엔 잘 했잖아 너. 내가 하라는 것 만하고..
          그렇게 잘 지냈어 우리. 근데 니가 변한거라고!
          그런거를 좋아했잖아 니가!!!

건운이 뒤돌아 벽쪽으로 걸어가서 전기드릴을 가져온다.

  남편 : 뭐.. 뭡 뭐야 어? 뭐냐고!
  건운 : 묻지마 쎕새야. 너같은 새끼랑 말 섞는거 역
          겹다.
          야 이거 얇은 걸로 꼽아라.

태천이 구석에 공구상자에서 얇은 기리를 가져와 드릴

에 장착한다.

　드릴이 작동되고 건운이 남자의 귓불을 잡는다.

　　남편 : 왜이래!! 왜이래!!
　　건운 : 귀걸이 큰 걸로 하나 하게 해줄게.

요란한 드릴 소리.

　　남편 : 어!! 어!! 아 하지마 하지마!
　　　　아아!!!! 으으그그으 읍........

드릴 기리가 귓불을 뚫고 나왔다.

　　건운 : 자 이제 확장공사 들어간다.

다시한번 작동한다.
드릴을 원을 그리듯 이리저리 돌린다.

　　남편 : 으!! 으으 웃.. 읍.....

<u>으흐흐.. 하아 씨바알!!!!</u>

건운 : 넓게 뚫어드렸어요. 귀걸이 굵은거 하나 하셔
야겠네 이거.

드릴을 빼고 태천에게 건넨다.
남자는 힘없이 고개를 떨군다.

남편 : <u>흐.. 흐...</u>

건운 : 계속하세요.

정현숙 : ... 네.

그래, 병신같은 내가 진짜 병신한테 잘못
걸렸네.

그럼 그 여자는? 그 여잔 그렇게 니가 원하
는 대로 해주니? 응?

남편 : ... 흠... 후... 그 여잔 아무것도 몰라 아무것도..
그냥 서로 즐기는 거야.

너랑 살면서 조금 부족한게 있던걸 그냥 그
여자한테서 채우는 거야 그게 다야. 난 원래
여자를 좋아하는 사람이고 너랑 살면서 정착

141

하면서 살았는데 너랑 틀어지다보니 그 여자
를 보게 된거야. 정말 미안해 정말..

정현숙 : 우리집이 모텔이니? 어?! 그게.. 그게 도대
　　　체 가능한 일이야? 너 그 여자 만나기 시작
　　　하면서 난 정말 완벽하게 노예가 됐어. 어?
　　　노예였다고 나....

남편 : 아니.. 아니 아니 씨발!!
　　　내가 말했잖아! 니가 내 말만 잘 들었어도 그
　　　여자를 만날 이유가 없었다고!
　　　씨발!!! 씨발 너도 나랑 섹스하면서 즐겼잖아
　　　어?
　　　즐겼잖아! 그러다가 결국은 너도 니가 원하
　　　는 대로 안되니까 이러는거 아니야. 나도 똑
　　　같아. 내가 원하는 니 모습이 지금 내 눈앞엔
　　　없으니까 널 그렇게 만든거고, 넌 이런 내가
　　　맘에 안 드니까 여기까지 온거잖아. 어? 맞잖
　　　아!

정현숙 : 그래서 넌 지금 그냥 단순히 우리가 잘 맞지
　　　않아서 이렇게 된거라고 말하는거야? 어?

남편 : 에라이 씨바, 그래!! 그래 내가 뭘 그렇게 잘
　　　못 했는데 인간끼리 만나서 서로 원하는대로
　　　가려다보면 틀어질 수도 있는거야. 나는 니가
　　　맘에 안 든거 뿐이야 그게 다야.
　　　너도 그게 싫으면 니 발로 나가면 될 거 아
　　　니야 어?

정현숙 : 니가 협박했잖아!! 우리 엄마.. 우리 엄마 핑
　　　계로..

남편 : 변명이야 너..

정현숙 : 뭐?

남편 : 싸울라면 제대로 싸워 이년아. 힘없으니까 이
　　　지랄로 사람쓰지말고.. 씨발년.

정현숙과 건운이 그를 멍하니 쳐다본다.
몇 초간 정적.

　건운 : 끝냅시다. 이 새끼 이렇게는 안 끝나.

장도리를 들어올린다.

건운 : 정현숙씨, 마지막으로 하실 말씀하세요.

정현숙 : .... 없어요. 고통스럽게 죽여주세요. 내 눈
앞에서.

장도리를 든 팔에 힘을 주고 힘껏 내려치기 시작한다.

양쪽 어깨를 뭉개고 팔을 타고 내려와 손가락 마디마디
를 찍는다.

더 내려와 무릎을 으깨고 정강이, 발가락 또한 마찬가지.

남자의 비명이 작업장을 가득 채운다.

마지막으로 남자의 머리채를 잡는다.

건운 : 그냥 잘못했다고 했어야지 씹새끼야.

다시 장도리를 들어올리고 내려친다.

먼저 콧대 그 다음은 턱과 입.

남편 : 아악!! 아! 읍!!!

알았어 알았어 잘못했어! 잘못했어!!

건운 : 늦었다 그냥 뒤져라.

턱과 입을 수차례 내려치고
머리통이 아작 날 때까지 뭉개버린다.

　남편 : 알알알..으 급그...

땀으로 적셔졌던 건운, 정현숙의 얼굴과 온 몸에 남자
의 피가 흥건하다.

　건운 : 자, 끝났습니다.
　정현숙 : ......
　건운 : 괜찮으세요?
　정현숙 : ...네.
　건운 : 고생하셨어요. 도움이 됐는지 모르겠네요.

태천이 정현숙에게 물수건을 건넨다.

　태천 : 아까 옷갈아 입으신 곳으로 가시죠.
　　　　간단히 씻으실 수 있게 준비했습니다.
　정현숙 : 네... 감사합니다.

태천이 정현숙을 부축하고 작업장을 빠져나간다.
문 옆에서 두억이 고개를 숙여 인사한다.
건운은 대야에 물로 세수를 하고 작업복을 벗는다.

　두억 : 고생했다.

　건운 : 예 형님. 감사합니다.

　두억 : 잘 참았다.

　건운 : 예, 중간중간 참는게 좀.. 너무 섭새끼라.

　두억 : 우리일은 절대 먼저 나서면 안돼.

　　　　팔한번 잘못 휘둘렀다가 쉽게 죽여버리면 의

　　　　뢰인이 여기까지 온 의미가 없다.

　건운 : 알겠습니다.

강상무의 사무실.
프린터기에서 뭔가가 인쇄되어 나온다.
강상무가 바로 확인한다.

　강상무 : 고상민...

휴대폰을 들어 전화를 건다.

　　강상무 : ...아이고~ 나예요.

　　　　　 아니 안그래도 내가 지금 메일을 봤더니
　　　　　 와있더라고.

　　　　　 나이도 괜찮고.. 문서상으로는 뭐 나쁘지
　　　　　 않은데,

　　　　　 내가 만나보긴 하겠지마는 기본적으로 뭘
　　　　　 들을만한게 있나 싶어서요. 응... 그래요 응..
　　　　　 묵직하고.. 입이 무겁다?

　　　　　 응 그래그래. 그거면 되지뭐 그거면 돼.

　　　　　 아이고 그래요 그럼 내가 만나볼테니까 그
　　　　　 렇게 하고

　　　　　 고생했어요.

곧바로 두억에게 연락한다.

　　강상무 : 어 나요. 애 구했다고 연락이 갔는가 모르
　　　　　 겠네.

아 그래요? 빠르네 빨러 역시..

뭐, 하던대로 하면 되니까 난 이제 할 일
다했네.

내일 당장 데리고 가고, 저기 뭐야 대표님
한테 연락도 드리고 해요... 예예, 그래요..
아참!

그거 알죠? 그게 제일 중요해요.

새로운 피가 들어왔으니까 썩은 건 빼내야
죠? 알죠?

네네, 그래요~

같은 시각,
서울시내 한 주상복합아파트 1층 삼겹살집.
삼겹살이 맛있게 구워지고, 소주병이 보인다.
박팀장이 회사 동료들과 식사중이다.
모두 다 흥건하게 취했다.

박팀장 : 이런날도 있는 거지뭐~

이렇게 쉬는 날도 있어야 술도 맘 놓고 먹
지. 이거는 뭐 인간답게 사는 날이 없으니…

동료1 : 아~휴~ 난 요번 달에 대출 빚 어느 정도
처리하고, 다른 일 알아봐야겠어.

박팀장 : 무슨 일 알아볼라고? 요즘 새파란 애들도
못 구하는 일을…

동료1 : 그렇다고 평생 여기 다닐건 아니잖어.

동료2 : 몇 년이나 했다고 그래. 여기서 좀 더 해야
지… 그리고 나가려면 빚을 어느 정도가 아
니고 싸~악 다 갚고 나가야지. 막상 나갔는
데 다른 일 못 구하면 어쩔라고…

박팀장 : 그러게… 맞는 말이지. 현실적으로 생각을
해야지. 그렇게 어린애들 장래희망 바꾸듯
이 그러고 있으면 어떡해.

동료1 : 씨발 몰라… 아니 근데 강상무 그 새끼는 다
른 회사 소개 시켜주려면 우리한테 먼저 얘길
해야지, 왜 어린 애들만 좋은데 보내는거야!
걔네들은 시간도 많고 기회도 많구만…

동료2 : 좋은덴지 안 좋은덴지는 모르잖어?... 존나게
　　　　힘쓰는 일인가부지뭐. 어린애들만 데려가는
　　　　거 보면...

박팀장이 휴대폰을 꺼내 든다.

동료1 : 몇 살 차이난다고 그래! 몇 살 차이난다고...

바로 담배를 들고 일어나는 박팀장.

동료1 : 화장실?
박팀장 : 아니, 건운이한테 전화 좀 해보게.
동료2 : 아~ 그래그래. 말 나온김에 좀 해봐. 아직도
　　　　연락안되나.

식당 밖 문 앞에 서서 담배에 불을 붙인 뒤, 건운에게
전화를 건다.

안내멘트 : 지금 거신 전화는 없는 번호입니다. 다시

　　　　　확인 하시고...

　박팀장 : 뭐야 아직도여?

다시 한 번 시도한다.

　안내멘트 : 지금 거신 전화는 없는 번호...

　박팀장 : 아니 씨발.

담배 한 모금 빨고는 다시 휴대폰을 들어 전화부를 검색한다.

휴대폰 화면이 비춰지고,

검색에 '강영'을 치자 아래에 '강영기 상무'의 번호가 뜬다.

통화버튼을 누르자 신호음이 들린다.

　강상무 : 네, 전화받았습니다.

　박팀장 : 아, 저 박대호 팀장입니다!

　강상무 : 어, 그래요 박팀장. 어쩐 일이야?

　박팀장 : 네, 뭐 다른건 아니구요. 그, 건운이가 연락

이 안돼서요.

전화해봤더니 아예 없는 번호라네요?

강상무 : 그래요? 번호를 바꿨나부지 뭐 그럼.

박팀장 : 그런 얘기 없었는데... 근데 상무님은 그쪽에 한번 가보셨어요?

강상무 : 아니, 안가봤는데... 왜요?

박팀장 : 그냥 무슨 일을 하는건지 궁금해서요.

강상무 : 내가 다음에 만나면 얘기해 줄게요. 그만 끊지.

박팀장 : 잠시만요! 아니 지난번에 현석이도 그 회사 가고 나서부터 연락이 안되더니, 건운이도 갑자기 안되니까 이상한데, 혹시 왜 그런지.. 뭐 그럴만한 이유가 있어서 그런가? 언제 가보실 계획이세요?

강상무 : 이거봐 박팀장. 자네는 뭐가 그렇게 궁금한 게 많아! 자네 일이나 집중하라니까! 내가 자네 친구야? 이게 회사일이야? 도대체가 쓸데없는 걸로 전화까지 하고 말이야. 개념이 없어, 개념이... 끊어!!

그대로 전화가 끊겨버린다.

　박팀장 : 이런 개새끼를 봤나...
　　　　　물어볼 수도 있는거지 뭘... 씨발 어떻게 된
　　　　　거야...

담배를 던져버리고 다시 식당으로 들어간다.

드디어 4년만에 새 식구를 맞는 아침이다.

4년전 이맘때쯤 아무것도 모른 채 두곤리로 오게 되어 숙명으로 받아들이고 살아왔다. 두억이 시킨 일이긴 하지만 그때의 공기를 다시 한번 맡아보고 싶은 마음에 건운이 직접 새 식구를 마중나간다.

춘천역, 그때 그 자리. 흡연구역에 건운이 서있다.

사진 한 장 들고 어떻게 찾아야 하나 걱정을 했지만 그때도 그랬듯,

이 시간 이곳엔 사람이 거의 없다.

역입구에서 한 남자가 걸어온다.

건운이 메고 왔던 것과 매우 비슷한 가방.

후줄근한 옷차림.

무엇보다도 불안함과 근심이 가득 찬 표정이...

낯설지 않다.

단번에 알아챘지만 담배한대 태울 시간을 주고 싶다고 느낀다.

남자가 두, 세걸음 옆에 서서 담배를 태우기 시작한다.

건운도 그와 같이 한 대 태운다.

그 시각 두곤리.

두억이 심각한 표정으로 책상 앞에 앉아있다.

한 숨을 크게 한번 내쉬고 태천을 부른다.

태천 : 예, 형님.

두억 : 앉아라.

태천 : 정현숙 의뢰인 잔금 다 확인했구요.

　　　소각장에서도 문제없이 처리했답니다.

두억 : 그래 잘했다.

태천 : ... 하실 말씀이..

두억 : 음.. 잘 들어라.

태천 : 예.

두억 : 우리가 이 일을 하면서 꼬리가 길면 안된다

　　　는 건 너도 잘 알거다. 물론 우리가 소수인원

　　　으로 일을 하고 있긴 하지만 조심해야 하는

　　　건 분명하다.

　　　또, 그 같은 맥락으로 딱히 필요가 없어진 것

　　　들은 빨리빨리 버리는게 맞지. 그렇지?

태천 : 예, 맞습니다.

두억 : 지금 우리한테 필요없어진게 있어.

태천 : 예?

조용한 산길을 달리고 있는 검정색 승용차.

건운이 운전을 하고 조수석엔 새 식구가 앉아있다.

건운 : 이름이 고상민씨?

상민 : 예.

건운 : 자료 보니까 내가 그쪽보다 한참 많던데.

　　　바로 말 놓는게 그쪽한테도 편하지 않나?..

상민 : 아, 예. 말씀편하게 하세요.

건운 : 그래. 뭐하다 왔어?

상민 : 공사장 노가다요.

건운 : 참.. 비슷도 하다 비슷도햐.. 왜 하나같이 이런..

상민 : 예?

건운 : 응 아니야. 혼자 살았어?

상민 : 친구하나 있었는데 얼마전에 나갔어요. 부모

　　　님 댁으로..

건운 : 우리는 뭐 다들 남자들이고 형제같이 지내니

까 편하게 생각해. 너 할 일만 잘하고 그러면
편할겨.

   상민 : 네..

큰길에서 빠져나와 더욱 더 조용한 시골길로 빠진다.
건운이 상민의 눈치를 한번 본다.

   건운 : 저 뒷좌석에 보면 뭐하나 있을거여 봉다리.
        그것좀 일루 갖고와봐.

상민이 뒷좌석에 검정 비닐봉지를 앞으로 옮긴다.

   건운 : 그 안에 봐봐. 방울토마토 있을거여.
   상민 : 예 맞아요.
   건운 : 그래 그거. 몇 알 먹어봐. 맛 괜찮다 그거.
        나도 너 데리러가면서 한참 먹었어.
   상민 : 아, 네 감사합니다.

상민이 비닐봉지 안에 손을 집어넣어 방울토마토 한 알

을 집어든다.

　건운이 다시 한번 상민을 힐끔 본다.

다시 두곤리.

태천이 땀을 비오듯 흘리고 서있고 그 옆엔 두억,

그리고 그 앞엔 박준배가 쓰러져 있다.

그의 머리에선 피가 분수처럼 뿜어져 나오고 있다.

굳은 표정과 함께 거친 숨을 내쉬는 태천.

　두억 : 잘했다. 다 우리를 위한거야.

　태천 : ....

　두억 : 고생했다. 애들 들여보낼테니까 처리하고 소
　　　　각장으로 보내라고 해.

　태천 : 예...

덩치 큰 남자들이 들어오고 준배를 들어올린다.

　태천 : 소각장 보내고 여기 정리해라.

밖으로 나가 담배를 꺼내 불을 붙이는 태천.

두어 모금 빨았을 때쯤,

저 멀리서 자동차 소리가 들린다.

운전석에 건운의 얼굴이 조금씩 가까워지고

태천의 표정은 점점 더 어두워진다.

건운을 확인한 두억도 작업실 밖으로 나온다.

운전석에서 내린 건운.

　건운 : 다녀왔습니다.

　두억 : 바로 깨워서 교육시켜.

　건운 : 예.

작업실 한 편 소파에 널브러져있는 고상민.

　태천 : 떡대가 좀 있네.

　건운 : 춘천역 오랜만이여. 옛날생각 나더라.

　태천 : 나이는?

　건운 : 스물다섯이라던가.

　태천 : …

건운 : 뭔일있어? 다들 조용해보인다?

태천 : 너 오늘 스케줄 다 끝났냐?

건운 : 난 끝났지. 원래 암것도 없는 날이여. 이 새끼
　　　데리러가는 바람에 일찍 인났지.

약기운이 제 역할을 다했다.
상민이 서서히 눈을 뜨고 주위를 둘러보기 시작한다.

건운 : 집에 온 걸 환영한다.

상민 : ...

건운 : 여기가 니가 일하게 될 곳이여.

　　　뭐, 여기 갇혀서 하는 건 아니고 밖에도 좀
　　　왔다갔다 할겨. 이제 좀 인나서 앉아봐 뭐하
　　　는거.

상민 : 예.

건운 : 스트레칭 좀 하고 그랴. 피 좀 쫙쫙 퍼지게.

상민 : 예.. 근데 이 집에서 무슨일을..

건운 : 음.. 니가 당분간 할 일이 있는데 오늘 바로...
　　　가만있어봐, 오늘은 갈 일이 없겠는데?

주말에 가야되나? 아님 그냥 갔다오기만 하까?

태천이 잠시 생각에 빠져있다.

    건운 : 어? 어? … 야 뭐하는거여.
    태천 : 어? 아니.. 뭐라고?
    건운 : 어칼까? 그냥 주말에 갔다오까?
    태천 : … 아니야. 오늘 가자 쓰레기 있어 지금.
    건운 : 있어? 어떻게? 오늘 작업 있었어?
    태천 : 어.. 아침에.
    건운 : 그려? 잘됐네 그럼… 가자.
        야, 이제부터 니 할 일 설명해 줄거니까 따라
        오면댜.

    상민이 건운을 따라 나가고 태천은 숨을 크게 한번 내
쉰 뒤, 따라 나간다.
    밖으로 나가보니 마침 덩치 큰 남자들이 두 개의 가방
을 각각 앞에 두고 확인중이다.

162

건운 : 언제 했대 이걸.. 누구여 이거? 의뢰인 이름뭐
여?

태천 : 가면서 얘기 하자.

　　　야, 안에 비닐 확인 다 했으면 가서 자전거
세 대 갖고와.

남자들이 가방의 지퍼를 채우고 아래 고리에 단단히 묶
고는 건물 옆에 세워져 있는 자전거를 가져온다.

태천 : 내가 하나 실을거고 나머지 하나는 누가하는
게 나을라나? 어떡할까?

건운 : 첨이니까 일단 내가 싣고 가지 뭐.

태천 : 그래.

건운 : 상민아 일단 자전거 타고 우리 따라오면 돼.

상민 : 예..

태천, 건운, 상민 순으로 출발한다.

페달을 밟는 묵직함과 이제는 맡을 수 있는 가방의 오
묘한 냄새를 오랜만에 느껴보는 듯하다.

소각장으로 가는 날은 술을 먹는 날이기도 하기에

건운의 얼굴은 밝지만

두 사람의 얼굴은 각각 다르게 굳어있다.

소각장 가는 길의 양옆으로는 산세(山勢)가 매우 훌륭하다.

이쯤 되니, 그것이 눈에 들어오지만 처음엔 오로지 자전거 페달과 뒤에 묶여있는 가방에만 신경이 쓰여 시야가 좁았다.

뭔가 이유를 알 것도 같고 알다가도 모를 것 같기도 하지만 심장박동이 몹시 불규칙했고 머릿속엔 평범했던 지난 시절을 아주 세밀하게 그려보곤 했다. 그러다보면 소각장이 보였고, 매번 그 반복이었다.

이제 고상민이 그 모든 것을 물려받게 되었다.

지금의 건운은 가다가 마주치게 될 깊은 웅덩이와, 이마와 뺨을 치고 지나가는 무성한 나뭇가지들을 즐기며 페달을 밟고 있다.

언젠간 상민도 페달과 핸들의 미세한 진동을 즐기며 이 숲을 가를 수 있을 것이다.

평소와 다르게 소각장 도착까지 십분 이십분 남은 지점

에서 소각장 주인을 만났다.

태천 : 아니, 왜 여기까지 나와계셔?

주인 : 나도 가끔은 돌아댕기기라도 해야지 어떻게
쳐박혀만있냐.

안그래도 연락받았어. 이때쯤이면 올 때 됐것
다 싶어서 들어가는 중이여. 저 친구가 새 식
구여?

건운 : 인사드려. 저어기 소각장 주인어른.

상민 : 처음뵙겠습니다.

주인 : 응 그래요. 반갑네. 오늘 또 한잔 해야것네이
거.

건운 : 어떡해요? 우리 먼저 가있어야 것네? 짐이 있
어서.

주인 : 그려그려 가있어. 금방 갈겨.

태천 : 갑니다~

다시 페달을 밟는다.

잠시 뒤, 소각장 앞마당.

두 개의 가방이 가마 앞에 놓이고 세 명이 나란히 평상
에 앉아있다.

　　건운 : 저기 왔네. 아오 빨리 좀 와요. 기다리는 거
　　　　　뻔히 알면서 왜 그렇게 느려요 이 가까운 거
　　　　　리를..

　　주인 : 에휴... 후... 죽것네 이거..
　　　　　아니, 최대한 빨리 걸어온겨. 이제 이것도 힘
　　　　　드네 씨벌.
　　　　　연기마시면서 살아서 그런가..

　　태천 : 물 한잔해요. 빨리 처리합시다 이거.

　　주인 : 물은 됐고, 가마에 좀 넣고 있어. 나 뒤에 가
　　　　　서 불 좀 더 올릴테니께.. 물보다는 술이여.
　　　　　후딱 끝내고 술을 마시자고..

　　건운 : 그래요.
　　　　　야, 시작하자.

건운과 태천이 눈길을 주고 받는다.

옆엔 여전히 긴장된 표정의 상민.

　　건운 : 음… 이제 우리 일을 소개 할 시간이 됐네.
　　　　　설명을 제대로 하기 앞서서, 니가 직접 가방
　　　　　좀 열어봐.
　　상민 : 예?
　　건운 : 저 가방 열어보라고.
　　상민 : … 예.

상민이 가방으로 다가간다.

건운과 태천 또한 긴장하긴 마찬가지.

가방 앞에서 허리를 숙여 고리에 묶인 매듭을 푸는 상민.

이제 지퍼를 열 차례이다.

건운과 태천을 번갈아 한번씩 쳐다보고는 침을 꿀떡 삼키고 지퍼를 살짝 올린다.

3센티미터.

7센티미터.

잠시 멈칫.

몇 초간 서로의 숨소리를 감상한 뒤,

단번에 확 열어젖힌다.

　　상민 : …
　　건운 : …
　　태천 : …

바닥에 주저앉아버린 상민.
가마 뒤에서 들리는 주인의 목소리.

　　주인 : 다 넣었어?… 어? 아직이여?
　　건운 : 자, 이제 설명해줄게. 다 설명해줄게.
　　상민 : 이게.. 이게.. 뭐..
　　건운 : 맞아. 시체야 시체. 맞는데..
　　상민 : 아니 씨발 이게 왜 여기있냐고!
　　　　　당신들 뭐하는 거야!

상민이 일어나서 뒷걸음친다.

　　상민 : 씨발 잘못 걸렸다 싶었는데..

건운 : 야!

상민 : 나 따라오지마. 나 일안해. 못 본걸로 할 테니까..

건운 : 와서 얘기들어.

상민 : 씨발 무슨 얘길들어. 다 보이는구만.

건운 : 이런 씨발놈아 니가 여기서 나갈 수 있을 것 같애?

　　　여기 들어온 순간 니 몸이 아니여.

　　　다 보여? 그럼 니 여기서 뒤질 수 있다는것도 알것네?

　　　차분하게 얘기할 때 와. 와서 앉아서 천천히 얘기해.

상민 : …

태천 : 와서 앉아.

상민 : …

건운 : 너 돈 많이 필요하잖아.

　　　칠천 오백 삼십 삼만 육천 백원!!

　　　니 갚아야 되잖아. 니 돈 빌렸다며. 사채! 사채!

　　　씨바 그거 노가다 뛰어서 절대 못 갚아 새끼야.

상민 : 빌린거.. 그건 또 어떻게 알아!

건운 : 아휴... 다~ 알지요. 다 알아요.

　　　 니 빚 그거! 우리가 이미 다 갚았어.

상민 : 뭐?

건운 : 우리가 이미 다 갚았다고.. 그러니까 넌 이제
　　　 저 밖에 빚이 있는게 아니라 우리한테 진 빚
　　　 이 있는거야.. 알아들어?

상민 : ...

건운 : 뒤지기 싫으면 여기서 일해. 입 다물고.
　　　 나도 사람이고 여기 있는 사람들 다 사람이여.
　　　 사이코패스 아니여.
　　　 니 빚.. 이자 없다 이제.
　　　 여기서 제대로 일하면 빚 자체가 없어진다.
　　　 안 갚아도 된다고.. 그냥 여기서 니가 한만큼
　　　 그대로 니가 가져가기만해. 그럼 돼.

상민이 툭툭 무겁게 걸어와 평상에 앉는다.

　건운 : 그래.. 여러 가지 구체적인 것들은 지금 얘기

해봐야 귀에 들어가지도 않을테니까 나중에
하는 걸로 하고. 일단 앉아서 쉬어라.
태천 : 생각 좀 하고 있어.
주인 : 얘기 다 끝난겨?
태천 : 예, 끝났어요 끝났어.
주인 : 그럼 집어넣어라 이제!

건운과 태천이 장갑을 끼고 가방 속 토막 난 시체를 하
나하나 가마 속으로 던져 넣는다.

홀가분한 마음으로 던져 넣는 건운과 달리 태천의 표정
은 그렇지 못하다.

퀴퀴한 냄새와 함께 홀홀 올라가는 검은 연기.

시체를 담았던 비닐까지 가마에 다 넣는 걸로 마무리가
되었다.

시뻘건 김치, 통조림 참치, 그 가운데에 뽀얀 김을 내뿜
는 라면.

평상에 술상이 차려졌다.

양반다리를 하고 앉아있는 무표정의 상민.

건운 : 술 한 잔 할랴? 해야되지 않것어?

태천 : 냅둬. 아직 제정신 아닐건데.

주인 : 그려 잠시좀 놔둬.

그건 그렇고 말여.

우리가 아무리 이렇게 좋은일을 한다고 해도 말여.

참 고독햐. 안그려? 인생에 안 힘든일 없다고 하지마는 이거는 말여, 정신적으로다가 너무나도 피폐햐 피폐..

건운 : 아니, 똥싸는 것도 힘이 드는데.. 어쩔때는 쳐 먹는 것도 힘이들어요. 쳐 먹는 것도..

주인 : 크크크큭. 맞어 그랴. 그건 그랴.

도대체가 뭘 위해서 왜 사는지를 모르것어 왜.

밥을 먹을라믄 주방에 들어가가꾸 밥을 또 해야댜 밥을.

간신히 먹고나면 설거지를 해야되네?

또 설거지 다하고 나면 또 배가 살살 아파요.

그럼 똥싸러 들어가야지 뭐. 다 귀찮어 다.

172

이럴거면 진짜 뭔 재미로 사나 몰러?

태천 : ...

건운 : 술이나 먹고 담배나 피고 그러는 거지 뭐.

　　　뭐 있어요? 돈 번걸로 재미난 것들이나 사고..

주인 : 그려.. 나는 뭐 술밖에 없지..

　　　근데 말여, 이 술도 말여. 먹을 때는 좋은데

　　　자고 인나믄 술똥을 싸야돼요 또.

건운 : 힉힉힉힉. 아오 갑갑하네 갑갑해.

주인 : 한잔들 햐. 왜 이렇게 속도들이 느려?

건운 : 먹고있어요.

주인 : 근데 오늘은 왜 소식도 없던 가방을 갖고 왔

　　　대? 얘기 없었는디?

건운 : 그러게 말이예요. 난 애 데리고 오느라 몰랐

　　　는데 아침에 작업했다던데..

　태천이 담배를 하나 꺼내들고 평상에서 내려와 일어
난다.

　건운 : 뭐여? 여기서 피면되지.

태천 : 형님, 저 친구랑 얘기 좀 하고 계세요.

　　　 애랑 담배 한 대 피고 올게요.

주인 : 뭔 얘기를.. 그려. 하고와.

건운 : 뭔데?

태천과 건운이 소각장 마당 끝으로 걸어 나온다.

건운 : 뭐여?

태천 : 짧게 바로 말할게.

건운 : 그려. 왜 그러는데.

태천 : 저거 저 검은연기.. 저거 누군거같냐.

건운 : 저거? 뭔소리여. 아침에 작업한게 누군데?

　　　 니가 낚아온겨? 의뢰인이 누구여?

태천 : 의뢰인 없어.

건운 : 없다니?

태천 : 저거.. 의뢰인이 준 쓰레기 아니라고.

　　　 우리가 버린거여 저거..

건운 : 우리가?

태천 : 오늘 준배형 봤냐?

건운 : 아니 못 봤지 아직.

　　　　의뢰인 구하러 밖에 나가있는거 아녀?

태천 : 아니야.

건운 : 그럼 어디갔...

태천 : ...

건운 : 진짜여?

태천 : ...

건운 : 준배형이여? 저거?

태천 : ...

건운 : 아니, 왜.. 왜? 누가? 왜 죽였는데!

태천 : 목소리 낮춰.

건운 : 첨부터 제대로 설명 좀 해보라고 새끼야.

태천 : 오늘 아침에 두억형님이 부르더라. 나만..

　　　　바로 처리하라더라. 버릴 때가 되면 버려야

　　　　된다고.

　　　　우리 일이 머릿수가 많으면 안 좋잖아..

　　　　준배형이 요즘 하는 것도 없고 하니까.

　　　　새 식구도 들어왔겠다.. 때가 된거지.

건운 : 아니 씨바...

야, 이건 아니지 이러면 일 못하지.

준배형이 쓰레기냐? 우린 의뢰받은 쓰레기만 처리하는겨. 그게 일이고. 근데 그게 벗어나면 얘기가 달라지지.

태천 : 그동안 우리가 많이 풀어졌어 처음보다..

아까 우리가 쟤한테도 말했잖어. 우린 여기 온 순간부터 어차피 뒤진 목숨이야. 여기서 벗어나는 순간 뒤지는 거였자너.

건운 : 그래 벗어나면 뒤지는 거였지 잘못한 것도 없는데 일 좀 덜 한다고 뒤진다고는 안했지 새끼야 뭔소리여.

태천 : 아니야 그게. 이미 여기 온 순간. 우리 숨통은 저 윗대가리들이 잡고 있는거야. 그걸 몰랐어 우리가. 병신같이...

건운 : ...씨바. 그럼 시범케이스 같은거네. 씨부럴...

태천 : 원래부터 이 동네 사람들한테 정 같은거 안 주고 안받고 살았지만... 드럽다.

건운 : 준배형 저렇게 됐는데.. 눈물도 안 나온다 씨 바. 내가 이렇게 됐네.. 사람이 죽었는데 눈물

이 안 나와...

태천 : 생각 좀 해보자.

건운 : 뭘.

태천 : 그냥..

건운 : 하아......씨바.

　　야 일단... 모르겠다 씨발.

　　그래 어차피 여기서 벗어나면 뒤진다는건 사
　　실이고,

　　우린 달라질거 없어 그냥 이대로 살면 돼.

　　...... 모르겠다.

표정없이 먼 산만 쳐다보고 있는 두 사람.

검은 연기는 계속 하늘로 향하고

담배연기는 몸속을 파고든다.

서울의 한 변호사 사무실.

번듯해 보이는 책상과 명패.

그 앞쪽 소파에 남자 변호사가 여자와 상담중이다.

짧은치마에 갈색 긴 머리, 진한 화장이 눈에 띄지만 누가 봐도 그녀의 미모가 더 뛰어나다.

변호사 : 그런 걸로는 불충분합니다. 빼도 박도 못
        하는 증거가 있어야 돼요. 그쪽에서 스스로
        시인하는걸 녹음한다던가...

여자 : 네.. 그래야겠죠.

변호사 : 자연스럽게 해야돼요. 자연스럽게.
        확실히 자기가 그랬다는 것만 증명될 수
        있게요.

여자 : 네, 해볼게요 한번.

변호사 : 마지막으로 연락 온 게 언제죠?

여자 : 한.. 일주일 정도요.

변호사 : 보통 연락 오는 주기가 어떻게 되요?

여자 : 매주 한번씩은 와요. 아마 오늘 올 거예요.
       연락 올 때 됐어요.

178

변호사 : 중요한 거예요. 지금으로써는 이 방법밖에
　　　　없어요.

여자 : 휴... 잘 할 수 있을까요?

　　　아무리 전화통화지만 지난번에도 저 혼자 있
　　　으니까 떨려서 말이 안 나오더라구요. 실수할
　　　까봐 혹시...

변호사 : 음.. 어렵고 힘든건 사실이지만 마음 단단히
　　　　먹고 최대한 끌어내 보셔야 돼요.

여자 : 저.. 혹시 오늘 저녁에 시간 되세요?

변호사 : 저녁이요?

여자 : 네.. 정말 정말 죄송한 부탁이지만

　　　제가 혼자 했다가 괜히 일만 망치게 될까봐요.
　　　오늘 저녁쯤 전화가 올 것 같은데,
　　　옆에서 좀 도와주실 수 있으세요?

변호사 : 아... 음...

여자 : 정말 죄송해요 정말.

변호사 : 뭐.. 그래요. 같이 하죠.

　　　　이것도 제 일이니까요. 몇 시쯤 연락이 올
　　　　까요?

매번 다른가요?

여자 : 아니요, 열에 아홉은 아홉시 조금 넘으면 와요.

변호사 : 그래요? 그럼 혹시 모르니까 여덟시 반쯤
        미리 만나죠.

        어디가 좋을까요?

여자 : 음.. 제가 아는 술집이 있어요. 가끔 가는 덴
        데, 거기가 조용하고 괜찮을 것 같아요. 룸형
        식으로 되어있어서요.

변호사 : 그렇게 하죠. 오늘 끝을 냅시다.

        일단 연락만 제 시간에 와주면 우린 이긴
        거예요.

여자 : 정말 감사합니다. 너무 감사해요.

변호사 : 아닙니다.. 그럼 있다가..

여자 : 예.

그날 저녁,

안암동에 한 술집.

창문가에 선반마다 진한 갈색의 사케 병이 줄을 서있고
일본 제등인 초칭(ちょうちん)이 방마다 불을 밝히고 있

180

는 분위기있는 룸식 이자까야 이다.

　　여자 : 네, 여보세요? 변호사님? 네네..
　　　　　들어오셔서 오른쪽 복도 따라 오시면 5번방
　　　　　에 있어요.
　　　　　네..

변호사가 문을 열고 들어와 여자 반대편에 앉는다.

　　여자 : 저 때문에 죄송해요. 바쁘실텐데...
　　변호사 : 아니에요. 저도 지고는 못사는 성격이라 집
　　　　　　에 가서 쉬는 것보다 이게 더 맘이 편해요.
　　여자 : 네.. 식사.. 뭐 하실까요?

해물이 들어간 뜨거운 나베와 여러종의 꼬치
그리고 따뜻한 사케를 곁들인다.
오늘 같은 날엔 차가운 그것보다 따뜻한 한 잔이 필요
하다.

여자 : 몇 시죠?

변호사 : 아홉시 십삼분이네요.

여자 : 지금쯤 와야하는데...

변호사 : 그러게요...

여자 : 휴.. 힘드네요. 이런 싸움도..

변호사 : 지금까지 제가 맡았던 분들이 다 그러더라
구요. 싸울 땐 바닥까지 내려가고.. 서로 더
러운 꼴 다보다가 결국 이기고 나면 아무
것도 아니래요.
이긴다 해도 그동안의 쌓여있던 감정은 끄
떡도 안한대요. 그건 그대로 남아있고 그냥
물리적인 처벌과 조치에 따른 쾌감만 잠시
느껴 보는 거죠.

여자 : 그래도 싸워서 이기고 싶은 건 다 똑같나봐요.

변호사 : 그렇죠..

여자 : 술 잘하세요?

변호사 : 일 때문에 가끔 먹다보니까 늘더라구요.
근데 워낙 못 마셔서 늘었어도 다섯잔이면
빙 돌아요.

여자 : 소주요?

변호사 : 네.. 이거 사케는 그래도 일곱여덟잔?

여자 : 아, 네..

아무래도 오늘은 안 올 것 같아요. 이 시간대
지나면 안 온다고 보면 돼요. 내일이나 오려
나.

변호사 : ... 오늘은 허탕인가요?

여자 : 항상 그랬어요. 아홉시 십오분 넘어가면 절대
로 안와요 전화...

변호사 : 그래도 혹시 모르니까 조금만 더 기다리죠.

여자가 사케 병을 비우고 한 병을 더 주문한다.

변호사 : 더 하시게요?

여자 : 네... 긴장이 되네요.

변호사 : 그래도 적당히 하세요. 이 싸움도 체력싸움
이에요.

여자 : 술 더 하실 수 있으세요?

매일 혼자 마시다가 오늘은 변호사님이 계셔

서 좋네요.

변호사 : 그럼 조금만 더 하죠 뭐.

긴장 완화를 위해 한 잔 두 잔 들다보니

어느새 기다리는 전화는 잊고

보통의 평범한 남녀의 술자리가 되어버렸다.

시간은 벌써 열시 삼십분.

술을 잘 못한다던 변호사는 분위기 때문인지, 미모의
여자 때문인지

제 주량을 훨씬 넘어섰다.

여자 : 이젠 나도 나를 위해서 살아보고 싶은데..

　　　그게 언제쯤 이루어지려나 몰라요. 모르겠어
　　　난...

변호사 : 그렇게 어딨어! 허무하고 힘들고 그런거야
　　　인생은..

　　　매 순간순간 행복에 코 박고 세수 하는 인
　　　간이 어딨어 요즘 같은 더럽게 힘든 세상
　　　에... 다 똑같어 똑같어.

여자 : 아니.. 나도 남들처럼 떳떳한 일도 하고, 잘 맞는 남자도 만나고.. 응? 기본적인건 해야 될 거 아니야 기본적인건...

변호사 : 남자가 왜 없어? 너 정도면 지금당장 뛰어나가서 지나가는 놈들 아무나 골라도 다 가질 수 있어. 어?

내 생각은 그래. 너 정도면 과분하지.

여자 : 나도 좋은 집에 태어나서 공주대접 받으면서 살다가 변호사같이 번듯한 남자 만났으면 얼마나 좋을까..

변호사 : 좋은 집이 무슨 상관이야. 지금 너로 충분하다니까.

내가 결혼만 안했어도 너 가만히 두지 않았을거야.

여자 : 진짜?

변호사 : 그래 진짜로.

여자 : 난.. 한번도 남자를 제대로 만나본 적이 없어. 다들 날 볼 때 외모 믿고 꼬리치고 다닐거라고 생각할지 몰라도 그렇지 못해.. 차라리 그

렇게 하면서 남자들 돈이나 뜯고 편하게 살
고 싶어도, 당장 내 눈 앞에 사정이 급하니까.
이렇게 사기나 당하고…

여자가 술에 취한 건지, 감정에 취한건지
갑자기 눈물을 보인다.

　변호사 : … 우는거야? 어? 지금 우는거야?
　여자 : …
　변호사 : 아이고 참…

변호사가 여자의 옆으로 자리를 옮긴다.

　변호사 : 왜 울고 그래 갑자기.

슬쩍 어깨에 손을 올리고
냅킨을 뽑아 여자의 눈물을 닦아준다.
　은근하게 흘러나오는 음악소리가 묘한 분위기를 더욱
돋운다.

여자 : …

변호사 : …

잠시 뒤,

눈에 띄는 '테마모텔' 간판.

어느 방문이 열리고 변호사와 여자가 들어온다.

테이블에 각자의 가방을 내려놓고 여자가 침대에 걸터 앉는다.

변호사는 테이블 옆에 서있다.

잠시 정적이 흐르다가 서로 눈이 마주친다.

인간들은 동물과 인간을 비교하며 인간이 갖고 있는 이성에 대해 아주 자랑스럽고 우월하게 표현한다.

그런 인간의 태도를 비판하려는 건 아니다.

다른 어미향유고래들이 먹이 사냥을 가있는 동안 그 새끼고래들을 돌봐주는 또 다른 어미고래 한 마리에 대해 들은적이 있을 것이다.

우리 주위에 인간과 함께 사는 동물들도 가끔은 인간보다 나은 행동을 하는 것을 목격할 수 있다.

단정지을 수는 없지만, 세상을 살아가다 보면 동물이 가진 것과 인간이 가진 것이 그리 큰 차이가 없다는 것을 알게 된다.

여기 두 남녀도 인간이 말하는 동물과 인간 사이의 먼 거리를 순식간에 좁혀놓고 있다.

거친 숨을 주고받으며 서로의 옷을 벗긴다.

상대의 몸속에서 나오는 날숨의 향기,

약 72억명의 지구인이 있지만 신기하게도 감촉이 다 다르고 크기가 다르고 맛이 다른 입술,

살을 부비며 자신이 갖고 있는 열을 주기도 하고 받기도 하며 적당히 맞추는 체온.

동물적인 감각으로 이 모든 것을 즐긴다.

성기로부터 느껴지는 쾌감과 손끝에서 느껴지는 쾌감,

입술에서 느껴지는 쾌감. 이것들을 한번에, 그리고 한꺼번에 얻는다.

온 몸에 흐르는 땀과 각자의 아래에 그 어떤 것이 윤활제가 되고

한 몸이 된 두 몸이 춤을 춘다.

상대의 몸 전체가 한 눈에 들어오고

상대의 퍼런 실핏줄이 아름다워 보임과 동시에

절정에 이른다.

그제야 시야가 넓어지고 이리저리 흩어져 있는 겉옷과
속옷이 보인다.

두 사람이 다시 둘로 나눠져 천장을 바라보고 있다.

변호사 : …

여자 : …

변호사 : …

여자 : …

변호사 : 술 깬다.

여자 : 응.

변호사 : 나갈까?

여자 : 어?… 아니야.

변호사 : 여기서 자?

여자가 일어나 벽에 걸려있던 샤워가운을 입고 가방에
서 담배를 꺼내 태우기 시작한다.

여자 : 배고프다. 밥 먹자.

변호사 : 출근을 여기서 해야겠네.

여자 : 시켜먹자.

변호사 : 그래, 일단 먹자.

여자가 비치되어있는 전화기로 카운터에 연결한다.

여자 : 네, 여기 밥 좀 먹으려고요. 네..

전화를 끊는다.

변호사 : 뭐야?

여자 : 뭐가?

변호사 : 그렇게 말하면 알아서 갖다 줘? 무슨 메뉴?

여자 : 매번 바뀌어. 알아서 갖다줄거야.

변호사 : … 여기 처음 아니구나.

여자 : …

말없이 담배를 태우는 여자.

십분도 채 되지 않아 벨이 울린다.
변호사가 문을 열자 채사장이 음식가방을 들고 있다.

　　변호사 : 얼마죠?
　　채사장 : 삼만원입니데이.

음식값을 지불하고 방으로 들어와 테이블에 꺼내 놓는다.

　　변호사 : 순대국밥?
　　여자 : 그렇네.
　　변호사 : 먹자.

술을 마신 뒤에는 언제나 배가 몹시 고파진다.
변호사는 허겁지겁 먹기 시작하지만
여자는 먹는 척만 하고 있다.
변호사의 입으로 한 숟갈, 두 숟갈 들어갈 때마다 여자
는 그의 상태를 살핀다.

　　변호사 : 왜 안먹어?

여자 : 먹고있어.

열 숟가락 정도 먹었을 때쯤 변호사에게 반응이 오기
시작한다.

변호사 : 아, 좀 어지러운데...

잠시 숟가락질을 멈추고 냉장고에서 물을 꺼내려는
순간,

그가 쓰러졌다.

여자는 숨을 한번 크게 쉬고는 침대 옆 전화기 수화기
를 든다.

여자 : 끝났어요.

수화기를 내려놓고, 약 10초 후.

방 문이 열리고 채사장과 건운이 들어온다.

건운 : 옷 갈아입어. 돈 줄게.

여자 : 근데 이 사람 어떡하려구요?

건운 : 몰라도 돼. 니 할 일은 끝났으니까 그냥 돈
　　　받고 입은 다물어.

여자 : 뭐.. 상관없지 뭐 난..

채사장 : 많이 알라카먼 다쳐요 다쳐.

　　　　아이고 쳐묵은 것좀 봐라. 억수로 드럽그로
　　　　도 묵었다.

　　　　오늘 술 한잔 안하나?

건운 : 전 아직 일 남았어요. 있다가 연락드리죠 뭐.

여자 : 돈.

건운 : 다 입었어? 기다려봐.

건운이 여자에게 돈봉투를 건네고
여자는 대충 확인한 뒤 밖으로 나간다.

채사장 : 내도 먼저 간데이.

건운 : 예. 조심히 가세요.

혼자 남은 건운은 변호사의 겉옷 안주머니에서 휴대폰

을 꺼내든다.

주소록에서 '아버지'로 저장된 번호를 찾아 통화버튼을 누른다.

건운 : 여보세요? 아, 여기.. 여기는 모텔인데요. 네, 모텔이요.

저.. 아드님이 여기서 아가씨를 불러서 노시다가 사고를 치셨어요. 좀 문제가 생겨서요. 예? 저는 아가씨 보호자 되는 사람인데요... 예예. 그런데에~ 아드님이 잘나가는 변호사시더라구요? 저기.. 지금 상황이요. 저희한테 잘못을 저질른 상황이라.. 좀 오셔서 합의를 보시던가 하셔야되는 상황인데, 아버님께서 좀 오셨으면 좋겠는데요. 예.. 아 저기 근데요, 변호사님이 이런데와서 아가씨를 갖다가 불러서 뒹굴고 이런거 소문나면 안 좋잖아요? 그러니까 조용조용히 처리하고 싶으시면 혼자 오시라고.. 혼자만.. 아시겠어요? 예예, 상황이 매우 좋지가 않아요.. 예... 네 그럼 제가요,

문자로 위치를 보내드릴게요. 택시를 타고 오
시던가 하세요. 예, 자세한건 오시면 말씀을
드릴게요. 지금 아드님이 전화를 받을 상황이
아니라서요.. 예~ 그럼 잠시 뒤에 뵙겠습니다.

통화 종료 후, 또 다른 곳에 전화를 건다.

건운 : 어 난데, 노인네 곧 집에서 나올겨. 누구 붙어
오는 놈 없나 계속 확인햐.

두곤리 작업실.

심교형이 옷을 갈아입고 있다.

태천 : 어떠세요, 불편하세요?

심교형 : 입을만하네요.

태천 : 아니요, 이거 말고요.

심교형 : 아.. 그냥뭐, 불편할건 없지마는 편할 것도
　　　　없네요.

　　　　마음을 다부지게 먹고왔어도 어디 평소만
　　　　하것어요..

태천 : 처음부터 끝까지 저희가 같이 있을거니까 너
　　　　무 긴장마세요. 물론 말처럼 쉬운 건 아니지
　　　　만요.

심교형 : 이것만 끝나면 내 인생 다시 시작이유..

　　　　깨끗하게 다시 시작하는거니께 다 쏟아부
　　　　어야지...

태천 : 예. 다 입으셨으면 나갈까요?

심교형 : 그래요.

심교형을 작업장으로 안내한다.

건물 한쪽 끝 철문 앞에 멈춰 선다.

> 태천 : 들어가시면 그 사람들 있을거예요. 바로 시작
> 이예요.
>
> 담배 한 대 태우고 들어가시겠어요?
>
> 심교형 : 들어가서도 피울 수 있것죠?
>
> 태천 : 예, 안에서도 태우실 수 있어요.
>
> 심교형 : 그럼 바로 들어가죠.

문을 열자 성북동 부자(父子)가 의자에 묶인 채 마주보며 앉아있고,

그 가운데에 역시 하얀 작업복을 입고 서있는 건운이 보인다.

심교형의 심장이 반응을 하기 시작하고 매우 **빠르게** 돌고 도는 혈액때문인지 쉽게 들어가지 못하고 잠시 발이 묶인다.

태천이 그의 어깨를 감싸고는 가운데자리, 건운의 정면쪽 의자에 앉힌다. 성북동 부자(父子)가 그의 얼굴을 본다.

성북 子 : 심씨 맞구만! 심씨 맞아! 이게 뭐하는거야
 어?

 왜이래 우리한테!!

건운 : 저기요 변호사님, 목소리는 낮추시고요.

 지금은 저자세로 나가셔야지. 그런식으로 처
 음부터 지랄을 하실까?

성북 父 : 아니 심씨.. 왜이러나. 응? 우리가 이런데서
 이렇게 만날 이유가 뭐가있어? 응?

심교형 : 삼대여 삼대.. 몰러? 몰러서 묻는겨?

성북 父 : 그게 뭐가 잘못 됐다는건가?

심교형 : 뭐?

성북 父 : 아니, 우리가 자네 집안을 강제로 들인것
 도 아니고 다른 집안보다 세 배는 더 얹어
 주면서 같이 살아온 거 아닌가..

심교형 : 같이 살아와? 말이 된다고 생각햐? 그게?

성북 子 : 아버지 말씀은..

성북 父 : 너 가만히 있어봐라.

성북 子 : ...

성북 父 : 내가 독자고 딱딱한 뼈대를 갖고 있는 집

198

안이라 우리 부모가 애지중지했지. 그 덕
분인지 장가도 늦고 자식도 늦어서 바깥
에서는 번듯해도 집안 돌아가는 건 엉망
이었단 말이야. 딱 그때 자네 조부를 만난
거야.

난 그런 일꾼이 필요하고 자네 조부는 돈
이 필요했으니까...

심교형 : 돈.. 그려, 돈 필요했고 그래서 일했고 그만
큼.. 어쩔 땐 그 이상 받았지... 근디.. 너넨
갈수록 그게 아니었어.

솔직하게 좀 말해. 솔직하게..

우리가 너네 발밑 집안이여? 거긴 대한민
국이 아니여.

조선이여 거긴...

성북 父 : 지내다 보면 말을 심하게 한다든지 거칠
게 한다든지 해서 서로 감정이 상할 수도
있고 그런거 아니겠나. 어떻게 그 오랜 세
월동안 입이 귀에 걸려있겠나.

심교형 : 똑바로 말햐! 겉으로는 돈주고 돈받고 일

시키고 일하고 그런 거였지만 그 내막에는
말이 날카로웠지 말이..

여기서 벗어나면 그냥 다 죽여버린다고!

우리같이 작고 낮은 집안 없애버리는거 일
도 아니라고 항상 그랬어 너넨..

성북 子 : 아니.. 아니야. 벗어나지 못한 건 결국 너
네야. 그렇게 갇혀사는 것도 다 너네가 스
스로 들어와서 시작된거고 나가지 못한
것도 너네가 힘이 없어서야..

우린 아무것도 한게 없어요.. 응?

심교형 : 그게 할말여?

주먹을 꽉 쥐고 몸을 부들부들 떠는 심교형.

건운 : 아.. 애 말하는 것 좀 봐.

건운이 '성북 子'의 어깨를 장도리로 힘껏 내려친다.

성북 子 : 어어!! 윽! 으아!!!

건운 : 아니, 변호사쎅이나 되가꾸 주둥이를 생각없
　　　이 움직이네.
　　　응? 왜이렇게 생각이 없댜?
성북 子 : 으으... 흐.. 흐.. 씨바알...

다시 한번 힘껏 내려친다.

성북 子 : 아!!!!! 아윽!!... 으흐...
성북 父 : 아니, 아니 왜.. 왜 이렇게.. 이렇게까지.
　　　응? 심씨! 이러지 말자 우리. 응?
심교형 : 그러니께 상황을 이렇게까지 만들지 않았
　　　으면 좋았잖어... 너무 늦었어..
성북 子 : 씨발.. 후... 씨발.... 윽...
　　　야.. 야... 씨바 보아하니까 어차피 우리 살
　　　려둘 생각없는거 같은데 씨바 슬슬 기어
　　　댕길 필요 없지.
성북 父 : 야! 조용해 입 다물어!
성북 子 : 야! 씨바 너네 집안이 병신이니까 잡힌거
　　　야 병신이니까! 돈이 없어서 남의 집 살림

살이나 하고 입닦고 똥닦고!! 어? 그렇잖
아!! 첨부터 병신이라 시작된 거고 병신이
라 도망도 못친거라고!!

잠시 생각에 잠기는 건운.

　건운 : 아니 씨바...

　　　　야, 이건 아니지 이러면 일 못하지.

　　　　준배형이 쓰레기냐? 우린 의뢰받은 쓰레기만
　　　　처리하는겨. 그게 일이고. 근데 그게 벗어나
　　　　면 얘기가 달라지지.

　태천 : 그동안 우리가 많이 풀어졌어 처음보다..

　　　　아까 우리가 재한테도 말했잖어. 우린 여기
　　　　온 순간부터 어차피 뒤진 목숨이야. 여기서
　　　　벗어나는 순간 뒤지는 거였자너.

　건운 : 그래 벗어나면 뒤지는 거였지 잘못한 것도
　　　　없는데 일 좀 덜 한다고 뒤진다고는 안했지
　　　　새끼야 뭔소리여.

며칠 전 기억이 떠오른다.

그때 나눴던 대화, 감정이 순간적으로 한꺼번에 훅 올라온다.

이 때..

    태천 : 야!
    건운 : ...
    태천 : 야!

다시 정신이 든다.

    건운 : ... 어? 어...
    태천 : 진행 안하고 뭐하냐 갑자기...
    건운 : 어 그려...

건운이 심교형의 얼굴과 성북동 부자의 얼굴을 한번씩 보고는

'성북 子'의 오른쪽 어깨에 장도리를 갖다 댄다.

    건운 : 씨바새끼.

어깨가 끝나는 끝부분을 정확하게 내려친다.
순간 뭔가가 깨지는 소리가 난다.

성북 子 : 아!!! 아윽!!! 으씨바!!!!!

성북 父 : 그만하지 이제.. 제발 그만해. 정중히 사과
하겠네. 심씨 앞에서 무릎 꿇고, 대가리 박
으라면 박고, 정신적인거 물질적인거 다
보상할게. 어떤 걸로든지 다 보상할게.. 아
이고... 응?

심교형 : 이제와서 하면 뭐햐.. 니 손자가 그러드라.
저 변호사놈 아들내미.. 나한테 매일같이 그
랴. 지가 하고 싶은거 먹고 싶은거.. 시간이
지나 이미 다 시들해졌는데 이제와서 챙겨
줄라고 하믄 어떡하냐고.. 나한테 말 한마디
안 해 놓고 말이여. 내가 그걸 어떻게 미리
아냐고.. 그래도 난 그거 다 받아줬어. 잘못
했다 잘못했다... 안 그러면 너네가 또 지랄
들을 떨게 뻔하니께...
근디 난 지금 이거.. 억지 부리는거 아니여.

너넨 충분히 다 알고 있었어 우리 조부때
부터.. 근데 아무소리도 않고.. 그랬어. 이미
늦었어 씨부럴놈들아.

성북 子 : 후...후..으.... 압.. 아버지.

우리 이미 끝났어요 끝났어. 여기서 살아
나가는거 틀렸어.. 이제 그만 합시다. 그냥
마음 그렇게 잡숴요.

심교형 : 너가 문제여 너가.. 그래도 니 애비는 좆같
아도 한결같았어.. 근데 너는 쳐다보는 것부
터가 금수(禽獸)만도 못하게 보더라. 어이?
나랑 씨바 어쩌다가 손끝이라도 닿으면 어
디 감염된 것 마냥 지랄떨고 말이여.. 개새
끼야!! 니 애비는 너처럼 그러진 않았어. 근
디 지금 사과한마디 안해?

성북 子 : 씨발 자격지심이야.. 어? 자격지심이라고..
니들은 다 그랬어 니 애비애미도 그랬고..
우리가 뭘 하지도 않았는데 쫄아가지고..
어? 니네가 그렇게 생각을 해서 그렇지 우
린 너네한테 아무런 생각조차 없어, 관심

205

이 없다고..

심교형 : 개씨팔새끼야! 애비애미? 너보다 한참 어른
        들한테 애비애미?.. 거봐 씨벌놈아, 자격지
        심이 아니라 니가 우릴 그렇게 대하고 있
        구먼 지금도! 아! 씨발놈이 진짜!!

건운 : 좀 더 센걸로 들어갑니다.

성북 父 : ...

성북 子 : 맘대로해라! 천한 것...

길고 굵은 바늘에 실을 꿴다.
'성북 子'의 이마와 목을 의자 등받이 쪽으로 땡기고
적당한 굵기의 끈으로 고정시킨다.

성북 子 : 뭐할라고 이번엔, 어? 뭐.. 뭐하게!

건운 : 니 입을 갖다가 꿰매야되나 찢어야되나 생각
        을 해봤는데, 꿰매는게 나을거같어 일단은..

그의 아래, 위 입술을 쭈욱 잡아당긴다.
길고 굵은 바늘이 입술 한 쪽 끝을 찔러 들어가기 시작한다.

성북 子 : 으으으음!! 픔!!!!
건운 : 일단은 설렁설렁 꿰매줄게. 그래야 더 아프지
   더..

위로 빠져나갔다가 다시 아래로,
야들야들한 입술을 스윽스윽 소리를 내며 이리저리 통
과중인 바늘.
약간은 헐겁게 꿰매야 고통이 배가 된다.

성북 父 : 아이고.. 아이고.. 이게 무슨...
심교형 : 그쪽도 마찬가지지마는, 아들내미 잘못 키
   우셨어..
성북 父 : 미안해요 미안. 너무 많이.. 우리가 너무 많
   이 죄송해요.. 심씨 조부님 부부, 심씨 부
   모님께도 정말로... 흑.. 응? 정말로 미안하
   고 죄송해요. 우리가 진짜 잘못했어. 내가
   잘못했어 내가... 내 아들놈은 그냥 내 밑

에서 자라서 저모양이야. 그러니까 다 내
잘못이야 응?

심교형이 서럽게 울기 시작한다.

  심교형 : 우리 엄니아부지 살아계실 때 이걸 했어야
        되는데...
        흡... 내가 병신이여 씨발.. 협박한다고 무서
        워서 엄니아부지 돌아가실 때까지 시간을
        버린겨.. 이게 뭐여 이게..
        맞어.. 싸울라믄 제대로 싸웠어야 되는디
        이미 엄니아부지 다 돌아가시고 이제야 사
        과를 듣는게 뭔 소용이여...
        이미 진거여. 내가 내 무덤을 판겨. 도망갈
        수 있을 때 엄니아부지 모시고 도망갈걸..
  건운 : ...
  심교형 : 내 나이 이십때 사실 이 생각 했었어. 근디
        무서워서 못했어 병신같이... 도망갈 수 있
        을 때 가야댜.

건운, 다시한번 생각에 잠긴다.

　건운 : 진짜여?

　태천 : ...

　건운 : 준배형이여? 저거?

　태천 : ...

　건운 : 아니, 왜.. 왜? 누가? 왜 죽였는데!

　태천 : 목소리 낮춰.

　건운 : 첨부터 제대로 설명 좀 해보라고 새끼야.

　태천 : 오늘 아침에 두억형님이 부르더라. 나만..

　　　　바로 처리하라더라. 버릴 때가 되면 버려야

　　　　된다고.

　　　　우리 일이 머릿수가 많으면 안 좋잖아..

　　　　준배형이 요즘 하는 것도 없고 하니까.

　　　　새 식구도 들어왔겠다.. 때가 된거지.

작업을 할 땐, 잡생각이 드는 순간 꼬여버릴 수 있다.

　의뢰인의 편에서 같은 감정선으로 가되 냉정함을 유지

해야 의뢰인이 원하는 시점, 강도, 위치를 파악할 수 있다.

　고개를 흔들며 정신을 차린다.

건운 : 아, 씨바..

'성북 子'의 입술에선 짙은분홍빛 피가 실을 타고 흘러내리고 '성북 父'는 겁에 질려 거친 숨을 내쉬며 눈물이 맺혀있다.

건운 : 계속하세요.

심교형 : 조부모님, 부모님... 니들 집에서 있는동안
받은 그 더러운 돈. 다 늙어서 월곡동에 자
그마한 방 얻고, 더울 때 선풍기사고 추울
때 연탄사고 쌀밥 사서 아껴먹고..
연명(延命)할 정도만 쓰고 나머지는 다 모아
뒀어. 나도 그렇고.. 그 드러운돈 안쓰려고
노력한겨 우리는.. 그럴거면 남들처럼 정상
적인 일하면서 행복하게 살았어야 하는디...
뭐가 무서워서 거기 갇혀살았는지...
니들이 준 그 더러운 돈, 다 나눠줄거여.
우리.. 우리 엄니아부지같은 사람들한테...
내가 할 수 있는 건 그게 다여...

그 좆같은 니 수석들.. 그 돌덩어리들 매일 아침마다 닦으면서 생각했어. 이건 누굴 위한 것도 아니고 그냥 맘속으로 우리 조부모, 부모님 평생 좆빠지게 고생만 했는데 죽어서는 좋은데 가시라고..

성북 父 : ...

심교형 : 내가 너는 안건드릴겨. 그냥 니 앞에 있는 변호사 아들내미 쳐맞아서 죽어가는거.. 그거 보여줄겨. 넌 그냥 편안하게 저승가라.

성북 父 : ...난 저승꽃핀지 오래지.. 오래야..

세월이 언제 이렇게 흘렀나.. 난 정말 편하게 살았어.

편하게 살았지.. 옛 생각 나는구만.. 자네 조부를 만난 것 도 오래됐네.. 이런말 하면 믿을지 모르겠지만 그냥.. 그저 서로 필요한 거 주고받고 좋게좋게 각자 행복하게 살길 바랐어. 근데 사람이.. 아니 내가 나쁜 놈이더라고.. 내 밑에 누굴 부리고 살다보니까 뭐라도 된 것 같았어. 그래서 변한

211

것 같네.. 근데 정말이야. 처음엔 자네 집
안도 행복해 질 거라고 생각했어.
　　　자네 조부랑 소주 한잔 못한 게 정말 미
안하네...
　심교형 : 씨발 역겨운 소리 그만햐!! 하지마!!!

　건운이 '성북 子'의 입에 꿰어둔 실을 세게 잡아당기
며 풀기시작한다.

　성북 子 : 윽!! 에에!! 으으윽!

　새하얗던 실은 붉게 물들었고 입술에 난 구멍마다 피가
흘러내린다.

　건운 : 이제 찢을차례여.
　성북 子 : 으에! 으어?
　건운 : 소리내지마. 내 손에 진동 느껴지는거 싫으니까.

　양 손을 그의 입에 넣어 양쪽 끝을 잡는다.

성북 父 : 아이고! 아이고! 제발 제발 내 아들! 그러
　　　　　지마!

　양 손에 힘을 가하자 좀전에 뚫어 논 구멍부분부터 툭
툭 찢어진다.

성북 子 : 으에!!! 갸악!! 크으...
성북 父 : 흐흑.. 제발.. 제발!
건운 : 똑바로 봐.
성북 父 : 아니야 아니! 내가 잘못했어 응?
　　　　　심씨! 심씨! 내가 진짜 죽일놈이야 내가...
　　　　　충분히 됐어. 나 다 알았어. 우리 아들 변
　　　　　호사도 그만두게하고 바닥부터 살게 할게.
　　　　　어? 그렇게 할테니까.. 제발.. 그만해 그만..
심교형 : ...
건운 : 이 노인네야, 입 다물고 구경이나햐.
성북 子 : 으... 으.... 으...

　축 늘어진 얼굴 밑으로 온통 붉은 빛이다.

건운은 이번 작업의 끝을 준비한다.

'성북 子'의 머리채를 잡고 끝이 굵은 장도리를 집어든다.

　성북 父 : 하지마! 하지마! 우리 집안 여자들은 어떡

　　　　　하라고..

　　　　　손자는! 어? 손자는!!

　　　　　이런다고 달라지는 거 없잖아!

　　　　　심씨가 이렇게 죄를 지을 필요가 없잖아.

　　　　　그냥 우리 바닥에 기어다니는거 보면서

　　　　　살면되잖아.

　　　　　이건 살인이야.. 어? 살인이야!

　　　　　왜 굳이 죄를 지으려고하나... 응?

　심교형 : 니 집안은 내 알바아니여.

　　　　　그리고 이건 죄가 아니여..

　　　　　복수는 죄가 아니여!

　성북 父 : 뭐? 내가 자네 조부모랑 부모를 죽이기라

　　　　　도 했나?

　　　　　결국엔 다 늙어서 저 세상 간거 아닌가? 응?

　　　　　자네 집안에 지은 죄가 있긴 하지만 내가

죽인건 아니잖나.. 어? 안 그런가?

심교형 : ... 아직도 못 알아 쳐먹었네.

넌 내 조부모, 엄니아부지 인생 전부를 죽였어. 이 썹새끼야.

성북 父 : ...

건운 : 아들내미한테 인사해라. 마지막으로.

아니네 둘다 같이 가는거구먼. 인사 할 것도 없것다.

바람을 가르는 소리와 함께 장도리가 성북 子의 머리에 꽂힌다.

성북 父 : 어!! 아!! 악!!! 하지마!!!

장도리를 다시 뽑아 높이 들어올리고 힘껏 내려찍기를 반복한다.

아들의 머리에서 솟구치는 피가 아버지의 얼굴과 몸에 튀어 묻는다.

성북 父 : 아... 아...

심교형 : ...

건운 : 담배한대 하시겠어요?

심교형 : 그래.. 그럽시다.

건운이 심교형의 입에 담배를 물리고 불을 붙여준다.

건운 : 이 노인네.. 마무리 직접 하시겠어요?

심교형 : 아니, 자네가 해줘.. 나 먼저 나가네.

건운 : 예, 그러세요 그럼...

심교형이 작업실 문을 열고 나가고,

문이 다시 닫히자마자 둔탁한 소리와 함께 뭔가 부서지
는 소리가 들린다.

태천 : 옷 갈아입으러 가시죠.

심교형 : 그래요.

태천 : 수건.

문 앞에서 대기하고 있던 상민이 심교형에게 수건을 건
넨다.

　　태천 : 봤어?
　　상민 : 예..
　　태천 : 그래. 있다가 얘기하자.

삼십여분 뒤,
　심교형은 태천과 함께 작업실 건물 밖에 나와 두곤리에
서 나갈 준비를 하고 있다. 작업을 마무리한 건운이 물에
한번 헹군 작업복을 들고 나와 툭툭 털고 심교형에게 다
가간다.

　　건운 : 고생 많으셨어요.
　　심교형 : 나 혼자 할 수도 없는 일이지만 혼자 했으
　　　　　　면 쓸데없이 마음 약해질 뻔했어.. 자네가
　　　　　　같이 있어서 잘 마무리 된거여.. 이제 아무
　　　　　　런 후회 없이 살 수 있것다.
　　건운 : 그동안 정말 수고하셨어요. 이제 편하게 사세

요. 뒷 일은 걱정하지 마시고 보통사람처럼
자유롭게 지내세요.

심교형 : ...

건운 : 지금 시동 켜진 저 차 타시면 안전하게 모실
거예요.

심교형 : 그려..

건운 : 그럼 조심히 들어가세요. 다음에.. 뵐 일이 있
을지는 모르겠지만.. 소주 한 잔정도 할만한
인연은 되것죠..

심교형 : 그러자 그래.. 나 이제 가야것다.

건운 : 예, 들어가세요.

심교형 : 아... 그리고..

건운 : 예.

심교형 : 지난번에 그 모텔에서는..

건운 : 예?

심교형 : 고마웠어. 쑥스럽긴 한디.. 암튼 고맙단 말
이여..

건운 : .. 아! 네네.. 뭐 별거 아닌데요 뭐..
그정도는 언제든지 해드릴 수 있으니까 연락

하세요.

심교형 : 간다.

심교형이 떠나고,

담배를 꺼내 무는 건운.

그동안 이곳을 거쳐간 많은 의뢰인들은 목표를 다 이루고는 가벼운 몸이 되어 떠나갔다.

완벽한 행복은 존재하지 않는다고 하지만 그들은 적당한 행복이라도 느끼며 살고 있을 것이다.

그들이 살아온 인생을 들었었고, 그들의 두 번째 인생의 첫 발, 한 발자국을 함께 걸었지만 건운은 다시 제자리로 돌아 와야만 했다.

앞으로도 그럴 것이다.

이게 누구의 의지인지는 아직 잘 모르겠다.

건운 : 어딨어?

태천 : 누구?

건운 : 상민이.

태천 : 안에 정리중이겠지.

건운 : 상민이랑 둘이 갔다올게.

태천 : 내가 갈까? 안 피곤해?

건운 : 소각장에서 하루 쉬고 오면댜.. 술이나 먹고.

태천 : 그래..

두 대의 자전거에 각각 하나씩의 가방을 고정 중이다.

건운 : 단단히 묶어.

상민 : 예.

건운 : 야.

상민 : 예?

건운 : 이게 노인네다. 니가 이거햐..

상민 : 아닙니다. 제가 무거운거 하겠습니다.

건운 : 됐어. 넌 내가 시키는 대로하는 거여 원래.

상민 : 예.

서로 위치를 바꾸고 바로 올라탄다.

건운 : 출발! 잘 따라와.

상민 : 예!

페달을 밟는다.

여기까지가 이 영화의 끝이었다면 이것을 천직(天職)으로 여기고 지금까지도 저 페달을 밟고 있었을 것이다.

우리가 알고 있는 원칙(原則)과 규칙(規則)은 대다수의 인간들이 '그것이 올바르다'라고 생각하는 것들을 정해 둔 것일 뿐이다. 하지만 실질적으로 우리가 지키며 사는 인생의 원칙, 인생의 규칙은 누군가에 의해 만들어진 것보다 각자 본인이 만든 것들로 이루어져 있다. 세상이 만들어 둔 그것들을 지킨다고 말하면서 결과적으론 몇몇개의 알맹이들을 지워버리고 내가 만들어 둔 그것들로 바꿔버린다는 말이다. 그게 인간이다. 그렇게 생겨먹었다. 따라서 정신차리고 똑바로 기억해둬야 하는 것은, '세상의 원칙' 이라고 떠들어 대면서 남에게 '본인의 원칙'을 강요하지 말라는 것이다. 입을 다물고 각자 알아서 그것들을 만들어가는 것이 정답이다.

애초에 원칙과 규칙같은 것에 너무 빠져 살지 말아야 한다.

자꾸 생각해봐야 원칙의 원칙, 규칙의 규칙이 꼬리에 꼬리를 물게 된다.

222

본인의 원칙을 담아 페달을 밟아 오늘까지 왔다.

딱딱하고 차가운 성북동 부자(父子)를 소각장에 옮겨다 놓고 돌아오는 길은 매우 어둡고 썰렁했다. 오늘은 소각장 주인과의 술자리를 거부하고 곧바로 서울 시내로 향한다.

자전거를 작업실에 세워놓고 자동차로 갈아타 두어시간을 달려 익숙한 테마모텔 간판 아래로 들어간다.

경사장 : 오늘 온다고 했었어?

건운 : 그렇게 됐어요. 술이나 한잔 할까하고..

경사장 : 채사장은 충주갔어.

건운 : 언제요?

경사장 : 오늘 아침에.. 마누라랑 같이 간다고 이번
　　　　주 장사 안한다더라.

건운 : 아.. 저희 둘이 한잔하시죠 뭐.

경사장 : 옆 방으로 들어가.

경사장이 카운터 데스크에 '잠시 부재중 연락처 010-xxxx-xxxx' 안내 메모를 올려두고 테이블 아래 냉장고에서 소주와 마른안주를 꺼내 방으로 들어간다.

건운 : 한 잔 받으셔.

경사장 : 일 잔만 하고 그냥 각자 나발 불자.

건운 : 그러죠 뭐.

경사장 : 맛 좋네.

건운 : 좋다 좋아.

경사장 : 월곡동 그 냥반있잖아. 심씨..

건운 : 예.

경사장 : 잘 끝났어?

건운 : 오늘 마무리하고 왔어요. 노인네하고 변호사..

경사장 : 그 냥반은 어디로 갔대?

건운 : 모르죠 뭐.. 월곡동 집에 그냥 혼자 살지..
　　　　이사 가지 않것어요? 부모랑 살다가 이제 혼
　　　　잔데..

경사장 : 그날 여자 안불렀다.

건운 : 예?

경사장 : 니가 그 냥반 방에 여자 넣어 달라고 했던
　　　　날..

건운 : 아 네. 안 불렀어요?

경사장 : 너 가고나서 그 냥반이 나오더니 혹시나

해서 묻는 건데 혹시 그런거면 자기는 그
냥 가겠다고...

건운 : 아...

경사장 : 보니까 싫은 건 아닌데, 그냥 상황이 그런
것 같더라..

건운 : 생각이 짧았네요.. 지금 이라면 몰라도 그땐..
장난 아니게 긴장하고 있었을 텐데..

경사장 : 그래 뭐.. 지금은 자기가 알아서 잘 찾아 먹
겠지. 일도 다 잘 끝났는데..

건운 : 잘 살길 바라야죠 뭐. 어쩌것어요.

경사장 : 재미는 있냐?

건운 : 일이요?

경사장 : 뭘 하든간에 재미가 있어야지. 돈 따라가믄
못 써.

건운 : 글쎄요.. 모르겠어요. 사람 목숨갖고 하는 일
이라. 내 목숨도 내 놓고 하는 게 맞는 일인
데.. 언제까지 할 수 있을지..

경사장 : 그걸 묻는 거야. 니가 받는 그거 니 목숨
값이잖아.

건운 : 까고 보면 무서운 거죠 뭐.. 참나..

경사장 : 나도 니 목숨 나눠 가졌다. 채사장도 마찬
가지고..

건운 : 언제까지 할 수 있을 것 같아요?

경사장 : 음...

건운 : ...

경사장 : 너 숨 끊어질 때까지는 해야 되겠지..
그거 밖에 없지 않나?

건운 : 그렇죠. 이 일하면서 형사들이랑 비교하게 되
요. 나 자신을..

경사장 : 그렇지. 비슷하기도 하다.

건운 : 나쁜 놈들 잡아다가 쳐넣는 건 똑같고, 우린
거기서 한 발자국 더 가는 거고.. 형사들도 대
단해요. 가만보면..
아니, 보복이라고 하긴 좀 그런가? 어쨌든 언제
어디서 보복 당할지 모르는 건데 말이예요.

경사장 : 정신건강에는 니들 일이 더 낫지. 보복당할
가능성을 확실히 줄여 놓잖어?

건운 : 뭐.. 그렇다고 볼 수 있죠. 쥐도 새도 모르게

226

그냥..

경사장 : 니 윗대가리들은 나를 아직도 모르것지?

건운 : 모르죠. 알면 안되죠. 꼬리 잡힌다고 우리 선
에서 다 하라고 했는데, 꼬리 길게 만들어 논
거 알면 난리 나것죠 뭐.. 갑자기 내가 여기
오지도 않고 연락이 안되면 걸려서 저 세상
간줄 알고 계셔요.

경사장 : 4년 됐나?

건운 : 그 정도요.

경사장 : 알고 있지 않을까?

건운 : 예?

경사장 : 그런 일 하는 사람들인데 설마 허술할까?
4년이면 벌써 알고 있을 가능성이 크다고
본다 난..

건운 : ...

경사장 : 그냥 조용히 갖고 있다가 어느 순간에 필
요한 상황이 되면 빵 터뜨리는 거지. 다 그
런 거 아니겠어?

건운 : ... 그럴.. 수도 있겠죠.

경사장 : 아마 그게 사실이라면 나도 위험하겠네 이거.

건운 : ...

경사장 : 괜찮어 괜찮어. 내 나이가 몇이냐. 그런거 생각 다 하고 시작한거야 나는..

건운 : 술로 버티는 거죠. 뭐가 있것어요? 어차피 다들 살만큼 살다가 때되면 뒤지는 건데 좋은 일하다 뒤지는 거지 뭐...

경사장 : 그래 맞다. 우리가 가끔 금주, 금연 하는 이유가 뭐냐.
다시금 새롭게 술, 담배 맛을 맞이하기 위한 거 아니냐.

건운 : 그렇죠, 그렇죠.

경사장 : 나발 불어 이제.

몸이 매우 편안하다.

눈을 살짝 떠보니 아무 것도 보이지 않는다.

다시 감는다.

입이 조금 텁텁하다. 하지만 잠이 더 땡긴다.

방향을 돌려본다. 조금 전보다 더 편안하다.

익숙한 향이 느껴진다.

조금 더 깊숙이 파고든다. 따뜻하다.

다시 입 속에서 텁텁함이 느껴진다.

동시에 소변이 갑자기 급해진다. 아까부터 느꼈지만
귀찮음이 그것을 덮었던 듯하다.

조금만 더 참아볼까 하고 잠에 집중하려 하지만

빨리 처리를 하고 와서 다시 깊이 빠지는 게 나을 것
같다.

눈을 떠본다. 어둠 속에 흐릿하게 화장실 문이 보인다.

침대에서 벗어나 더듬더듬 손으로 짚어가며 화장실로
들어간다.

옷을 언제 벗었는지 기억이 안 나지만 아무것도 걸치지
않은 덕에 조금이라도 더 빨리 시원함을 맛본다. 몸속에
있던 모든 노폐물이 빠져나가는 느낌. 너무나도 시원하
다. 대충 손을 씻고 다시 침대로 온다. 찬 물에 손이 오래
닿거나 세수를 하면 아까의 맛있는 잠을 잃을 것 같아 아
주 짧게 대충 씻었다.

침대에 누워 이불을 덮는데 옆에서 뭔가가 느껴진다.

옆을 돌아보니 거무스름하게 뭔가가 보인다.

재빨리 손을 뻗어 리모컨을 잡는다.

순간 심장이 빨리 뛰기 시작한다.

위험을 감수하는 직업을 갖고 있기에 언젠간 이런 날이 올 줄 알았다.

하지만 이렇게 빨리?

씨바…

손가락의 감각을 살려 조명 버튼을 찾아 누른다.

조명이 켜지고

흐릿한 시야를 바로 잡는다.

　　　다방여자 : 뭐야?

한순간 몸 속 내장이 한꺼번에 가라앉는 느낌이다.

　　　건운 : 씨바! 뭐여 너!

　　　다방여자 : 뭐가?

　　　건운 : 놀랬자너 씨발년아!

　　　다방여자 : 뭐라는거야! 뭘 놀래? 같이 자놓고..

건운 : 너 언제 왔는데?

다방여자 : 뭐? 기억안나? 하나도?

건운 : 어..

다방여자 : 새벽에 왔잖아. 경사장님이랑 술 먹는다
고 오라그랬잖아 오빠가...

건운 : 아... 그랬나.

다방여자 : 하나도 안 나? 기억이?

건운 : 아 씨바 머리야..

다방여자 : 새벽에 되게 좋아하더라?

건운 : 뭐가.

다방여자 : 아니, 그랬잖아. 경사장님 나가자마자 내
옷 막 벗기..

건운 : 야야, 쓸데없는 소리하지 말고 너 이제 나가라.

다방여자 : 갑자기 일어나자마자 나가래 왜?
한참 잘 자고 있었는데 오빠가 부시럭거
려서 깼구만.

건운 : 나 늦었어, 나가야댜.

다방여자 : 어차피 밥은 먹을거 아니야, 밥은.
해장은 하고 가야지.

건운 : 니 집가서 먹든가 가게나가서 먹든가 햐.
　　다방여자 : 아우~ 진짜 차갑다 너무!

누군가가 문을 두드린다.

　　건운 : 예에!
　　경사장 : 나여!
　　건운 : 예, 일어났어요!
　　경사장 : 나와봐 잠깐!

건운이 샤워가운을 걸치고 문을 연다.

　　건운 : 예, 형님.
　　경사장 : 너 오늘 예약있어?
　　건운 : 아니요 없는데..
　　경사장 : 누가 왔는데..
　　건운 : 누구라는데요?
　　경사장 : 몰라, 남잔데 삼십대정도..
　　건운 : 의뢰한데요?

경사장 : 그런 것 같아. 너 찾아 왔대. 소개 받아서..

건운 : 몇 호로 보냈어요?

경사장 : 308호.

건운 : 준비하고 올라갈게요. 신경쓰지말고 일 보세
요 형님.

어떻게 찾아왔는지는 몰라도 느낌상 의뢰인이 맞는 것
같다.

상담 내용은 언제나 심각하고 열 받고 때로는 지루하기
때문에 그 시간을 잘 버텨 내려면 이대로 바로 올라갈 수
는 없다.

최대한 최상의 컨디션으로 끌어 올려야 한다.

샤워가운을 벗어 던지고 화장실로 들어가 변기에 앉아
담배를 태우며 볼 일을 시작한다.

다방여자 : 뭐래?

건운 : 나 씻고 바로 나갈겨. 니 먼저 옷입고 나가.

다방여자 : 밥 못먹어?

건운 : 가라고 쌍년아!

다방여자 : 아~ 씨바 맨날 저 지랄을 떨어요.

숙취로 가득한 몸뚱아리를 가볍게 하기 위해 아랫배에
최대한 힘을 주며 지난 밤의 찌꺼기를 빼낸다.

한 쪽 다리가 저리고 이마에서 땀 한방울이 떨어질 때
쯤, 큰 일을 마무리 한다.

바로 따뜻한 물로 머리에 배어있는 술자리 냄새를 흘려
보내고 차례대로 몸을 구석구석 씻어낸다.

마무리로 찬 물 세수를 한 뒤, 물기를 제거하고

나갈 준비를 한다.

반듯하게 모양을 만든 머리스타일, 어제 입고 왔던 수
수하고 어두운 색깔의 옷을 입고 308호로 향한다.

아직도 숙취가 남았다. 들어가자 마자 물 병을 꺼내야
겠다고 생각하며 계단을 올라 308호 문 앞에 섰다.

한숨을 크게 한번 쉬고, 아무리 숙취가 심해도 의뢰인
면담에 가장 중요한 점인 기선제압을 빼놓을 수는 없다.

주머니를 뒤져 담배를 꺼내 불을 붙인다.

한 모금 내뱉고 문고리를 잡아 돌린다.

내뱉은 담배연기를 뚫고 안으로 들어간다.

침대 옆 의자에 한 남자가 앉아있다.

가끔 길을 걷다가 지나가는 이와 눈이 마주치면 어디서 본 듯하게 굉장히 익숙한 얼굴이라고 느껴질 때가 있다. 분명히 저 사람은 나와 인연이 닿았었고, 어떠한 대화를 나눴던 적이 있었던 것 같다고 생각을 하곤 했다.

의자에 앉아있는 저 남자를 본 순간 잠시 동안 위와 같은 느낌을 받았다.

아주 잠시 잠깐 그런 생각이 들다가 갑자기 심장이 덜컥 하며 모든 것이 생각났다. 저 남자가 누군지, 어떤 사람인지, 입고있는 저 점퍼까지 다 기억난다.

건운 : 여.. 어... 여기 어떻게...

남자 : 여기서 뭐하냐..

건운 : ...

남자 : 얼마만이냐..

건운 : ...

남자 : 앉아.. 앉아서 얘기 좀 하자.

넋이 나간 건운이 침대 끝에 걸터앉는다.

남자 : 하아...

건운 : 어떻게 알았어요.

남자 : 어떻게 알았기는 어떻게 알아. 뭐 다른나라
간 것도 아니면서.. 찾는거 일도 아니었다.

건운 : 엄청나게 오래 걸렸네...

남자 : 이정도면 빨리 찾은 거 아닌가? 죽기 전에 못
찾을 줄 알았는데..

건운 : ...

남자 : ...

건운 : 왜 왔어요 근데..

남자 : 잘 사냐? 얼굴이 말이 아니다.

건운 : 어제 소주를 좀 많이 때려서 그렇지 원래 나
상태 좋아요 요즘.. 잘 나가요 나.

남자 : 그래? 잘 맞네.. 천직인 가부네.

건운 : 오늘은 좀 그렇고 조만간 술이나 한잔 하죠.

남자 : 그래. 술은 술이고.. 지금은 바쁘냐? 어차피 일
하러 가는거 아닌가?

건운 : 맞아요. 왜 왔냐구요 근데..

남자 : 잘됐네. 어차피 일하러 가는 거면 굳이 나갈

거 없겠다.

　　　지금부터 일 시작해. 나 의뢰하러 온거다.

건운 : …

남자 : 의뢰인 이라고 나…

건운 : 다 알고 왔구먼..

남자 : 뭐를.

건운 : 다 알고 있네. 내가 뭔 일하는지.. 나 놀리는
　　　거여? 어?

남자 : 목소리 낮춰.

건운 : 이럴려고 온거여? 나 이런 일 하는거 기웃기
　　　웃 비아냥 거릴라고?

남자 : 씨벌놈아 소리 낮춰. 얘기 들어.

건운 : … 씨바..

남자 : 진지하게 얘기한다 나.

　　　나 지금 분명하게 의뢰인으로 온거라고..

건운 : 그려? 빨리하고 가요 그럼.

　　　근데, 의뢰한다고 다 되는 건 아니여.

　　　내가 알만한 거 다 아는 데 뭘 의뢰하게 응? 뭘.

　　　쓸데 없는 거 앞세워서 내 꼴 볼라고 온거면

나 바로 나갈거여.

남자 : 말 존나 싸가지 없게 하네.

건운 : 빨리 말을 해보시라고.

모텔 주차장 한 가운데 건운이 서있다.

그동안 만났던 수많은 의뢰인들의 만남에 비하면 너무나도 짧게 느껴지는 한시간이었다. 또 그 어느때 보다 평정심을 유지하기가 힘들었고 답답함을 감출 수 가 없는 시간이었다.

건운이 휴대폰을 꺼내 전화를 건다.

건운 : 야... 아니다.

전화를 끊고 자동차 운전석 문을 열어 휴대폰을 던져 넣는다.

건운 : 가만있어봐.. 하아... 씨바.

살아감에 있어서 뭔가 따뜻하다고 느껴본 적이 언제였나 싶다.

인간을 차갑게 하는 그 무언가가 인간의 피부를 두껍게 하고 눈을 날카롭게 하며 입을 무겁게 만든다면, 인간을 따뜻하고 뜨겁게 하는 그 무언가는 있는 그대로를 그 자리에 머물게 하고 편히 쉬게 한다.

차가운 것은 인간을 발전시키지만 만족을 주지는 못하고 따뜻한 것은 인간에게 만족감을 주지만 발전시키지는 못한다.

어느 한 쪽으로 치우치게 되면 무력감을 느끼거나 공허함을 느끼게 되는게 당연하다. 가장 이상적인 것은 차가움의 연속 중에 잠깐씩의 따뜻함.

그것이 인간의 정신과 육체를 건강하게 만들 것이라 생각한다.

비교적 착하게 살아왔다고 생각한다.

남들이 어떻게 생각할지는 모르겠다.

물론 무의식중에 해버린 말과 행동이

누군가의 가슴에 흠집을내고

손목에 흠집을 내고

팔뚝에 흠집을 내고

눈가에 흠집을 내고

정강이에 흠집을 내고

목에 흠집을 냈을 수도 있다. 그건 분명하다.

하지만 그것이 흠집이 아니라

누군가의 손톱을 깎아주고

잇몸을 닦아주고

팔꿈치의 굳은 살을 긁어주는 역할을 했을 수도 있다고
확신한다.

이것 또한 분명하다.

맨 끝과 맨 끝을 알아야 그 가운데에 멈춰설 수 있다.

저 아래에 다녀오지 않은 인간은 저 위에 절대로 쉽게
오를 수 없다.

아래에서 이제 중간쯤 온 인간은 언젠가 저 높이 끝에
올랐을 때

내가 그때 누군가와 함께 서있던 그 곳이 얼추 그 정도
쯤이었구나

하고 생각할 수 있을 것이다.

아무 것도 보이지 않는 빈 집에 가만히 서서 '이곳엔 아

무것도 없다'라고 하는 인간은 뒤통수를 후려치고 뺨을 가지고 찰지게 연주해야 정신을 차릴까 말까 하다. 공중에 떠다니는 것, 바닥에 붙어 있는 것 등등 구석구석 살펴보라는 단순한 말이 아니라 하다못해 그 공간에서 느껴지는 향을 통해 이 집의 이야기를 상상해 보는 노력이라도 해야 한다는 것이다. 그 집에서 나왔을 때, 다시 한번 더 들어가보고 싶어도 그럴 수 없는 상황이 이어질 수 도 있다. 그 땐 이미 늦었다.

삼, 사년동안 착용해 왔던 모자를 어쩌다 멍때리듯 바라볼 때가 있다.

언제, 무슨 요일에, 어떤 기분으로 이 모자를 샀었는지 자세한 것은 기억이 잘 나지 않는다. 하지만 이것을 쓰고 운동했던 것, 술자리에 갔던 것, 아침에 부은 얼굴을 가렸던 것. 함께 했던 순간들은 짧게나마 그려진다.

언젠가 더 이상 제 기능을 못해 버릴 때가 된다면 망설임 없이 버릴 것이다. 쉽게 버릴 수 있다. 그러나 그 순간들을 잊지는 못한다. 잠시 뒤, 누군가가 와서 버려진 그 모자를 집어들고 이리 저리 살펴보다가 가져가버리면 그것과는 정말 끝인 것이다.

밟아보고 만져보고 직접 느껴봐야만 끌어올릴 수 있는 무언가가 분명히 있다. 위에서 말한 빈 집과 모자는 스스로 살아 숨쉬는 것도 아니고 생각을 할 수 있는 것도 아니다. 사람에 대해 말했을 때, 그 의미는 걷잡을 수 없는 충격이 될 것이다.

지하철을 탔다. 앉을 자리가 없어서 노약자석 앞 손잡이를 잡고 서있었다. 노약자석에 앉아있던 한 할머니가 여기가 혹시 독산역이냐고 물었고, 나는 아니라고 대답했다. 다음역에 도착했고 할머니가 다시 한번 나에게 물었다. 나는 여기도 아니라고, 조금만 더 가야 한다고 말씀드렸다. 그 다음역에 도착했고 할머니는 또 질문을 했다. 나는 아니라고, 도착하면 말씀을 드리겠다고 대답했다. 그리고 또 다음역, 그 다음역. 지하철이 정차 할 때마다 나에게 물었다. 짜증이 났다. 마침내 독산역에 도착했고 할머니께 말씀드렸다. 할머니는 잠시 두리번 거리시더니 허겁지겁 내리셨다.

가만히 생각을 해봤다. 아마도 그 할머니는 안타깝게도 한글을 읽으실 줄 모르셨던게 아닌가 싶다. 또, 안내방송으로 나오는 멘트로는 충분하게 노인의 귀를 만족시키기가 힘들다는 것을 새삼 깨닫게 되었다. 그 노인의 고단한 발걸음과 지팡이를 쥐고 있는 손가락, 뻐근한 어깻죽지.

무엇보다 혹시나 지나치는 건 아닌가 불안함에 지쳐있었을 그 마음이 신경쓰였다. 시대를 잘 타고 태어나 글도 읽고 쓸 줄 알고 시간을 죽일 도구도 쓸 줄 아는 나에게는 그저 지루한 귀가길이지만, 누군가에겐 침을 마르게 하는 아주 큰 모험이 되는 것이다.

남이 살아 있어야 내가 그들을 느낄 수 있으며, 내가 꿋꿋이 살아 있어야 그것이 가능해 진다. 남을 천천히 돌보고 느낄 수 있다는 것은, 이미 내가 나를 돌보는 수준을 뛰어 넘었다는 증거이고 남을 느끼고 이해 한다는 것이야말로 결국은 나를 위한 일이다.

차가움으로 나를 단련하고 그 힘으로 따뜻하게 불을 피우자.

그게 지금까지 먹은 나이를 소화시키는 약이 될것이라 믿는다.

숙취해소를 위해 꾸역꾸역 집어넣은 해장국이 몇 시간째 위장을 괴롭히고 있다. 하품이 계속 나오고 머리를 움직일 때마다 뇌의 흔들림이 느껴진다. 원활한 볼일을 보기 위해 담배를 태우면서 열어둔 창문으로 찬바람이 들어와서인지 찰나의 시간에 감기까지 얻은 것 같다. 몸이 쪼그라 들고 살이 닿이는 곳마다 멍이 들어있는 것같다. 아무것도 할 수 가 없어 이불 속에 들어가 새우처럼 몸을 웅크리고 있다. 뭘 어떻게 해야 할지 모르겠다. 온 몸에 통증이 돌고 도는 가운데, 저 밑에서 뜨거운 뭔가가 후끈후끈 밀고 올라오는 것 같다. 내가 아끼는 것들이 하나하나 타들어 가지만 몸을 움직일 수 가 없다. 머리에선 열이나고 가슴에선 화가 난다.

모든 것이 계획대로 될 수 있을까.

인간이라는 동물이 굉장히 신기한 것 같다. 아프다, 춥다를 느끼는 동시에 한 쪽으로는 화를 키우며 당장 내일부터 해야 할 큰 일에 대한 계획을 두서 없이 그려보고 있다.

화를 최대한 누르고 일단 잠에 들자.

잠에 몸을 담궜다가 오늘 밤이 오든 내일이 오든 다시 잠에서 벗어난다면 그때 모든 그림을 완성하고 행동으로 옮길 것이다.

미세한 졸음을 살려내기 위해 움직임을 최소화하고 머릿속을 비운다.

이불과 내 몸과 그 틈 사이 공기의 온도가 같아지고

내 숨소리가 점점 줄어들다가

몸이 가벼워진다.

숙취가 있고 몸살이 났지만 그 어느때보다 깊은 잠을 잘 것같다.

마음이 편안하다.

이 잠에서 깨어나면 그동안 해왔던 일들을 총 정리하는 정말 마지막 작업이 시작될 것이다.

그 작업이 끝나면 이 일에 대한 진짜 보람을 느끼게 되겠지.

새벽에 깨지 않길 바란다.

잠시 깨고난 뒤 다시 빠져드는 잠이 진미(珍味) 이지만 지금은 그럴 때가 아니다.

2010년 9월 17일 06시 40분

깊은 물 속에서 산소를 찾아 헤엄쳐 나오 듯 벌떡 일어났다.

휴대폰을 들고 시간을 확인 한 뒤, 전화를 건다.

　　건운 : 어, 나야. 지금 출발하니까 준비하자.
　　　　　현석이한테 연락 해뒀냐?... 그려 잘했네.
　　　　　금방 처리하고 갈게.

다행이다. 속도 편해졌고 몸살기운도 달아났다.

벗어뒀던 트레이닝복을 그대로 입고 모자를 눌러쓰고 바로 집 밖으로 나간다.

07시 05분

서울시 동작구 흑석동 진대표의 자택 앞.

채현석이 진대표의 차량에 시동을 걸고

다시 내려 마당이 보이는 대문으로 다가가 초인종을 누른다.

같은 시각,

건운은 검은색 승용차를 타고 어디론가 향하는 중이다.

07시 07분

두곤리 작업실, 태천이 건물 밖으로 나와 뒤뜰에 자그마한 밭으로 이동중이다. 그 뒤로 상민이 뒤따른다.

> 태천 : 너 나 따라오지 말고 가서 덩치큰 애들 있지?
>   두명.
> 상민 : 예.

태천 : 걔네들 심부름 좀 시켜라.

상민 : 어떤걸로..

태천 : 음... 저기 뭐냐... 평택에 좀 다녀오라 그래.
　　　거기서 의뢰인 행세하면서 간보는 새끼가 있
　　　는거 같다고 삼일 정도 좀 둘러보고 오라고.

상민 : 예.

태천 : 시끄럽게 하지말고 조용히 출발하라그래 지
　　　금 바로!

08시 35분

뒷 좌석에 진대표를 태우고 한적한 도로를 달리고 있는
현석.

진대표 : 뭐 대단한 일이라고 아침부터 오라가라야.
　　　　가만히 생각해보니까 요즘 개씨벌놈들이
　　　　나를 너무 가볍게 보는 거 같은데.. 거품 좀
　　　　물게 해줄까 씨버랄새끼들.

같은 시각,

강상무의 사무실 앞.

건운의 차량이 눈에 띄지 않는 건물 옆 좁은 골목에서 멈춰선다.

차에서 내려 다시 한번 모자를 푹 고쳐쓰고 사무실로 들어간다.

계단으로 오르자마자 사무실 입구인 철문이 보인다.

안주머니에서 보안 카드를 꺼내 인식기에 대고 조용히 들어간다.

08시 55분

두곤리 작업실, 두억이 침실에서 나와 소파에 기대어 앉는다.

태천이 무언가가 담긴 접시를 들고 다가온다.

두억 : 아홉시가 다 됐는데 왜이렇게 조용하냐.

태천 : 애들 평택에 좀 보냈습니다.

두억 : 거긴 왜.

태천 : 말장난 하는 새끼들이 있는 것 같아서요. 좀

알아보라고 보냈습니다.

두억 : ... 건운이는.

태천 : 오고 있습니다.

두억 : 그거 뭐냐?

태천 : 당분간 쓸 일도 없는데 지난번보다 많이 열렸더라구요.

두억 : 방울토마토?

태천 : 예, 담배 태우시기 전에 한두개만 먼저 드시죠.

두억 : 그래. 일어나서 물도 안 먹었다. 앞에다가 내려놔.

09시 20분

조용한 산길을 달리는 진대표 차량.

현석이 잠시 눈치를 보더니 왼쪽 계곡으로 통하는 좁은 길로 방향을 바꾼다.

진대표 : 뭐야?

현석 : ...

진대표 : 뭐냐니까?

좁은 길로 약 200미터를 들어가니 사방이 온통 나무덩굴이다.

    진대표 : 여기 뭐야?
    현석 : 잠시 세우겠습니다.

차량이 멈춰서고 현석이 깊은 한숨을 내쉰다.

    현석 : …
    진대표 : 채현석! 뭐냐고!

강상무의 사무실,
아무도 없는 사무실 한 쪽 벽에 건운이 기대고 있다.
잠시 뒤, 사무실 밖에서 강상무의 목소리가 들린다.
전화통화 중인 것 같다.
건운은 자세를 바로 잡고 문 쪽으로 바짝 붙어 선다.

09시 25분
두곤리 작업실.

소파에 앉아 담배를 태우며 발톱을 깎고 있는 두억.

그 앞에 태천이 앉아서 눈치를 보고 있다.

담배를 재떨이에 살짝 기대어 내려놓고 테이블 가운데에 주전자를 들어 그 주둥이를 입에 대고 세, 네모금의 물을 마신다. 마지막 발가락의 발톱까지 정리를 마치고는 담배를 다시 집어든다.

두억 : 발톱 깎는 것도 일이네. 씨발... 너 왜 안먹냐?
　　　먹어, 토마토..

태천 : 전 아까 따면서 좀 주워 먹었습니다.

두억 : 아무리 농약 안치고 키우는 거래도 좀 씻어
　　　서 먹어라. 드럽지도 않냐?

태천 : 아, 예..

두억 : 이건 씻었냐?

태천 : 예 당연히 씻었습니다.

담배를 재떨이에 구겨서 불을 끈다.

그리고 바로 방울토마토가 담긴 접시로 손을 옮긴다.

같은 시각, 진대표의 차량.

현석이 운전석에서 내려 차량 앞 쪽으로 돌아 진대표의
좌석 쪽으로 걷는다.

강상무의 사무실.

카드인식기의 인증 벨소리가 들리고 문이 열린다.

두곤리,

두억의 손이 방울토마토 한 알을 집었다.

뒷좌석 문이 열리고 인상을 바짝 쓴 진대표의 표정.

사무실 문이 열리고 건운과 눈이 마주친 강상무.

그리고,

마침내 두억의 입으로 들어간 방울토마토.

2010년 9월 16일 11시 50분

서울시 강서구 방화동의 한 주공아파트 단지.
지은지가 꽤 오래 되어 보이고 단지 크기도 작은 편이다.
건운의 차량이 좁은 주차장 한쪽에 멈춰선다.

　건운 : 여보세요? 어, 나여.

　　　　나 지금 도착했는데 여기 몇 동인지 하나도
　　　　안보여.

　　　　낡아서 그런가 다 지워졌다 글씨들이..

　　　　일단은.. 음... 사람들한테 좀 물어볼테니께

사진 찍어논 거 다시 한번 보내봐봐... 그려.

통화를 마치고 차에서 내려 주민들을 찾기 시작한다.

새하얀 작업복을 입은 세 명의 남자가 보인다.

그 앞엔 순서대로 진대표, 강상무, 두억이 의식을 잃은 채, 의자에 앉아 있다. 걸쳐져 있다는 표현이 더 맞을 것 같다.

마찬가지로 흰색의 장갑까지 착용하며 작업복을 한번 매만지는 건운.

건운 : 오늘은 다같이 하자. 상민이 너도햐.

상민 : 예?

태천 : 이 새끼는 뭐 그렇게 큰 악감정 없잖어?

건운 : 그런가? 그람 마음 가는대로 하면 되는겨. 옆
에서 씨다나 좀 보던가..

태천 : 그래도 이 새끼는 여기서 빚 다 갚아주고 타
이밍 좋게 또 이렇게 됐다? 운 좋은 놈이네.
지랄맞게.

건운 : 그러니께 말이여. 너는 평생을 우리한테 감사
하게 생각하고 니가 니 몸뚱아리 잘 지킬라
믄 입만 잘 다물고 살면 되는겨. 시끄러워봤
자 너만 손해여. 어쨌든 너도 가담 한거니께..
알겠니?

상민 : ... 이 동네 일.. 저는 다 알지는 못하지만 어쨌
든 형님들이 제 목숨 살려주신 건 확실히 기
억하겠습니다.

건운 : 깔끔하게 작업 끝내고 깔끔하게 헤어지자.

태천 : 그러자 그래!!

건운 : 손님들 깨어나시기 전에 담배나 하나씩들 태
우지 뭐.

단지를 돌며 주민을 찾아보던 건운이 한 노인을 만났다.

건운 : 안녕하십니까 어르신!

노인 : ...

건운 : 어르신! 여기 제가 친구집을 왔는데 처음와보
      는거라..

      106동이 어딥니까?

노인 : 106동?

건운 : 예예, 106동이요.

노인 : 저거 잖아요 저거.

건운 : 아, 저거 맞아요? 저거 트럭있는데 저거?

노인 : 그래, 맞아요.

건운 : 아이고 어르신 감사합니다!!

가볍게 인사를 드린 뒤, 106동으로 향한다.

어르신이 손가락으로 가리키던 트럭 뒤쪽으로 입구가
보인다.

휴대폰으로 수신된 사진과도 같은 장소이다.

한 층을 올라가자마자 찾고자 했던 곳이 보인다.

벨을 누른다.

2010년 9월 17일 10시 35분

재떨이엔 이미 여러 개비의 담배꽁초가 쌓였다.

시계를 보는 태천.

  태천 : 좀 늦네. 씨바 물 좀 뿌릴까?

  건운 : 아니여. 시간 많은데 좀만 더 있자.

  태천 : 아무도 없이 우리만 이러고 있으니까 좀 그

        렇다?

  건운 : 그러게 말이여. 썰렁하네 싸늘하고..

  태천 : 두억형님이 저러고 있다는 게 참 이상하네..

건운 : 생각해보면 말이여. 우리도 우리지만 저 양반
    은 언젠가는 저렇게 될 운명인거 같어. 그동
    안 몇 명이여 도대체.. 저 양반 손으로 저승
    보낸게 몇 명이여...

태천 : 매일매일이 뒷골이 서늘한 세월이었겠지.

건운 : 그 세월을 아무 탈없이 보냈다는게 신기한거
    여..

두억의 손가락 끝이 조금씩 움직이기 시작한다.

상민 : 깨고 있는 것 같습니다.

건운 : 어, 그러네. 이제 하나씩 반응이 오것다.

2010년 9월 16일 12시 26분

벨을 누른지 얼마 되지 않아 집안에서 인기척이 느껴진다.

몇 초뒤 문이 열리고 아기를 업은 삼십대 정도로 보이
는 여자가 고개를 내민다.

여자 : 어떻게 오셨어요?

건운 : 아, 예. 사람 좀 찾으려구요.

여자 : 예?

건운 : 제가 알기로는 여기에 정현숙씨라고 여자분
　　　 이 혼자 산다고 들었는데요..

여자 : 여기요? 아닌데...

건운 : 아, 혹시 그쪽분이 여기 사시는 분인가요?

여자 : 네, 저희가 여기서 계속 살고있었는데...

건운 : 이사오신지 얼마 안됐어요?

여자 : 아니요, 오년 넘었어요.

건운 : 그래요? 아..

여자 : 혹시 이 앞집 가보셨어요?

건운 : 저기요?

여자 : 네, 얼마전에 여자분 혼자 이사오셨는데 저도
      이삿날 한번 만나보고 그 이후로는 못봤거든
      요.

건운 : 아 그래요? 이후로는 한번도 못 봤어요?

여자 : 네..

건운 : 아.. 어쨌든 감사합니다.

뒤로 돌아 아기엄마가 말한 그 집 초인종을 누른다.

2010년 9월 17일 11시 05분

손가락을 시작으로 고개를 움직이고, 미세한 눈깜박임
이 있었다.

약 30분이 지났고 그들이 드디어 눈을 떴다.

건운 : 아이고~ 반갑습니다.

태천 : 이제 정신이 드시나?

주변을 둘러보고 자신들의 몸이 묶여있음을 느낀다.

항상 반대편 시선에서만 보던 위치에 이제 그들이 있다.

강상무 : 뭐야.. 뭐야이게? 너네 뭐야!

진대표 : 이 새끼들이 뭐하는 거야! 미쳤어?

건운 : 자~ 일단은 이해한다는 말씀을 좀 드리고 싶
　　　네요. 이 상황이 도대체 뭔 상황인지 파악이
　　　안되죠?

강상무 : 야! 이 새끼들이 갑자기 왜이래? 이건운! 너
　　　뭐야!

태천 : 아니.. 그동안 이 생활하면서 이런일이 있을
　　　수 도 있다는거 예상 못 했나?

강상무 : 미친 새끼들이 뒤질라고!

진대표 : 두억이! 얘네 뭐야. 어? 이 지랄들이.. 이게..
　　　어떻게 된거야!

두억 : …

진대표 : 말을 해봐 말을!! 애들을 뭐 어떻게 관리했
　　　길래..

강상무 : 두억씨! 뭐 실수한거 있어?

건운 : 잠깐만 잠깐만! 씨벌놈들이 알만큼 알면서 정
　　　신들을 못차리네. 새끼들아 생각 좀 해봐라
　　　생각을..

태천 : 두억이형님, 충분히 다 깬 것 같은데 아직도
	말씀이 없으시네? 예? 왜 아무 말이 없어요?

두억 : ...

태천 : 말을 해보시라니까? 당신 우리한테 잘못한거
	있잖아!

진대표 : 있어? 잘못한게? 뭔데! 뭔데그래! 그게 우리
	까지 이렇게 할 일이야?

강상무 : 아니, 작업실에서 일어나는 일들은 여기서
	알아서 해결들을 했어야지 우리까지 이게
	뭐야!

건운 : 야이 좆만한 년놈들아. 니들은 생각하고 있으
	랬지! 입을 찢어놓기 전에!

태천 : 형님! 말씀을 해 보세요!

두억 : ... 이렇게...

태천 : 예, 이렇게 뭐요.

두억 : ... 이렇게 될 줄 알았다. 내가 상상하던 그림
	이야.

강상무 : 미친새끼! 뭘 상상해! 뭘! 뭔 개소리야!

건운 : 야이 씨벌놈아 아랫입술 잘라놓기전에 목소

리 낮춰라. 니가 지금 큰소리 칠 때여? 넌 나
보면서 아무렇지도 않냐? 어? 야이 개새끼야
내가 너 때문에 이러고 사는거 아니여!

강상무 : …

건운 : 어? 씨바 니가 제일로 개새끼고 병신새끼여.
니 옆에 저 미친년 똥구멍 존나게 핥으면서
나 여기로 팔아먹고 씨발!

진대표 : 하아..

강상무 : … 그래, 첨에 시작은 그랬지. 근데 너 여기
생활 적응 잘 했잖아! 니가 매일매일 택배
만 쳐다보면서 살던 때보다 돈도 훨씬 많
이 벌고.. 우리가 언제 돈 밀린적 있냐? 없
잖아!

건운 : 돈을 얘기하자는게 아니잖아 이 병신아!

진대표 : 야! 너네 같이 원래 바닥에서 살던 애들은
평생 거기서 못 벗어나. 그냥 그 수준으로
평생 사는 거야. 로또되는거 아니면!! 어?
그런 애들 데려다가 평생 만져보지도 못할
돈 만지게 해줬더만 이것들이!!

태천이 진대표의 뺨을 후려친다.

태천 : 이 미친년이.
진대표 : … 아, 씨바.
태천 : 씨바? 씨바? 개같은 년아. 니가 화를 돋구는구
나. 이제 슬슬 시작해야겠네.

태천이 왼손으로 진대표의 정수리쪽 머리채를 잡고 오
른손으로 옆머리 한 웅큼을 잡는다.

진대표 : 야! 뭐야! 어? 뭐야!
태천 : 다물어 씨발년아.

오른손을 힘껏 잡아당기자 한 웅큼의 머리카락과 함께
두피조각이 뜯겨나왔다.

진대표 : 악!!!!!!! 아!!!! 씨바!! 으아!!!!!

붉은 피가 흘러내리기 시작한다.

옆자리 강상무는 입을 다물지 못하고 떨고 있다.

진대표 : 아!!!! 아!!!! 하지마!!! 씨바 죽겠어!!!!

태천 : 아 존나 열받네.

강상무 : 저.. 저기...

건운 : 뭐야.

강상무 : 잠깐만, 잠깐만.. 우리 이러지 말자.

　　　　　내가 다 잘못했어. 내가 건운이 너를 여기

　　　　　다가.. 하아...

눈물을 흘리며 겁먹은 어린아이마냥 울기 시작한다.

강상무 : 여기다가 데려다 놓은 건 정말 미안해.. 정

　　　　　말이야. 내가.. 내가 돈에 눈이 멀어서.. 응?

　　　　　돈에.. 흡...

　　　　　하... 돈에 눈이 멀어서 그랬던 건데, 정말

　　　　　진심으로 사과 할게. 정말이야 내가 잘못

　　　　　했다는거 알아.. 근데 우리 그동안 좋은 일

　　　　　많이 했잖아. 응? 너도 그랬다며 좋은 일이

라고. 어? 억울한 사람들 도와준거잖아.. 우
리 이러지 말자. 내가 책임지고 너네 그냥
모른척 지낼게. 이 생활 다 정리하고 각자
흩어지자. 응?

건운 : 니들 그냥 살려서 보내면 내가 불안해서 어
떻게 살겠냐?

강상무 : 아니야! 아니야! 그건 정말 걱정하지마. 어?
그럼 나만이라도.. 응? 나는 정말 흡... 정말
조용히 쳐박혀서 살게. 응?

건운 : 늦었어 새끼야..

강상무 : 잘 하고 있었잖아 우리.. 갑자기 왜 이러는
거야 응?

건운 : 왜 이러냐고?

태천 : 야. 좋은 일? 어? 좋은 일? 억울한 사람들을
도와?

강상무 : 그래 그래.. 좋은 일이잖아.

태천 : 상민아 이 년 대가리 좀 잡고 있어. 피 많이
안나오게.

상민 : 예.

태천 : 야. 그 억울한 사람들을 도와줬으면 그걸로
　　　 끝내야지.

　　　　지금 그 사람들 잘 사니? 어?

강상무 : 어떻게 사는지는 모르지만 훨씬 좋아지지
　　　　 않았을까?

태천 : 너 거짓말하면 이 년처럼 된다. 어?

강상무 : 아니야. 응? 그러지마 그러지마..

태천 : 그 사람들 지금 어딨어.

강상무 : 뭐?

태천 : 우리가 도와줬던 그 억울한 사람들!! 의뢰인들
　　　 말이야!

강상무 : 지금 어딨는지 그걸 내가..

태천 : 거짓말하지 말랬다. 어딨어.

강상무 : …

태천 : 다 알아 이 새끼야.

강상무 : …

태천 : 우리가 혹시나 해서.. 어? 혹시나해서 알아봤어.

강상무 : …

태천 : 니들이 죽였지?

2010년 9월 16일 12시 40분

월곡동의 한 빌라 앞.

태천이 메모를 들고 빌라 안으로 들어간다.

메모에 써있는 곳으로 가기 위해 4층으로 올라와 맨 끝 방에 도착했다.

    태천 : 아호.. 씨바 존나 힘드네..

초인종을 눌러보지만 고장이 났는지 벨소리가 나지 않는다.

이번엔 문을 직접 두드려본다.

    태천 : 심교형씨!! ... 심교형씨!!

아무런 반응이 없다.

문고리를 돌려본다. 문이 열려있다. 안으로 들어가보
니 거실과 주방은 깨끗하다. 고개를 돌려보니 방 문이 보
인다.

조심스레 그 문을 열자 치열했던 격투의 흔적들이 펼쳐
졌다.

방 안의 모든 물건들은 널브러져있고 바닥엔 여러 발자
국들, 방어 목적으로 썼을 것이라고 여기어지는 나무의자
는 네 다리중 한 다리가 부러져 있었다.

집에서 나가 옆 집 초인종을 누른다.

잠시 뒤, 젊은 남자가 나왔다.

    남자 : 누구세요?
    태천 : 아, 죄송합니다. 혹시 옆 집에 심교형씨라고
          아저씨 한 명 본적 없어요?

남자 : 아.. 그 혼자 사는 분이요. 알아요.

태천 : 아세요? 최근에 보신 적 있으세요?

남자 : 아니요. 직접 본지는.. 근데 어디서 오셨어요?

태천 : 아, 저는 보험회사 직원인데요. 고객이 연락이
　　　안돼서요.

남자 : 뭐.. 직접 본지는 오래됐고.. 아, 얼마전에 저
　　　집에서 남자들이 나오는 걸 봤었어요.

태천 : 남자들요? 어떤 남자들요?

남자 : 젊은 사람들인데 모자쓴 사람도 있었고 다
　　　짧은 머리였어요. 세 명 정도 였던 것 같아요.
　　　저는 집에 들어오려고 열쇠를 꺼내고 있었는
　　　데 그때 나오더라구요.

태천 : 심교형씨도 같이 나왔어요?

남자 : 그건 못 봤어요. 그 사람들 표정이 좀.. 그래
　　　서 바로 눈 깔았거든요. 좀 위협적인 외모이
　　　기도하고 뭔가 표정이 절 보고 놀라는 것 같
　　　았어요. 그래서 무슨 일이 있긴 있는 것 같길
　　　래 불똥 튈까봐 바로 집에 들어왔죠뭐..

태천 : 하아...

남자 : …

태천 : 아, 일단 잘 알겠습니다. 감사합니다.

아파트 밖으로 나온 건운.
담배를 꺼내 태우며 전화를 건다.

    건운 : 어.. 알아봤냐? 없어? 없겠지.. 씨바 뻔하네...
          방에 들어가봤어? 대충 흔적이 좀 보이지?
          그려.. 나도 들어가봤는데 확실햐 이 개새끼들..
          아.. 씨바... 야, 일단 알것다.

바로 다른 연락처로 연결한다.

건운 : 여보세요? 어, 상민아. 너 아까 내가 준 명단
있지? 거기에서 작년에 작업했던 의뢰인들
중에 일단 두명 정도만 골라서 주소 좀 보내
줘라. 어, 나 일단 근처에서 해장국 한 그릇
때리고 있을테니까 빨리 좀 해서 보내!
어, 그려! 아! 그리고 현석이한테 연락해서 저
녁에 나 좀 보자고 시간만 좀 빼놓라고 그래.
내가 있다가 전화 할거니께.. 응, 그려!

2010년 9월 17일 11시 35분

태천 : 대답을 해 이새끼야. 니들이 죽였잖아!

강상무 : ...

태천 : 지금까지 니들이 십년이 넘게 이 일하면서
　　　 결국 의뢰인들까지 다 죽였잖아!

진대표 : 흐.... 후.... 씨바.. 이 새끼들..

강상무 : 씨발..

건운 : 두억형님.. 형님도.. 아! 씨발!!

두억의 입에서 냄비뚜껑 틈으로 넘치는 찌개마냥 주륵

주륵 시뻘건 피가 흘러내린다.

　　태천 : 씨바 자살이야?..
　　진대표 : 야! 아...

상민이 급한대로 수건으로 지혈하려 해보지만 너무나
많은 양의 출혈이다.

　　건운 : 납둬라...

두억의 눈엔 흰자의 범위가 넓어지고 그 공간의 모든
사람들이 그의 마지막을 지켜보고 있다.

　　강상무 : 하.... 제발.. 제발... 이러지 말자.
　　건운 : 자! 일찍 갈사람은 가고.. 어차피 저 양반은
　　　　　 조용히 저렇게 보내는 게 낫지. 사실 너네랑
　　　　　 할 얘기가 더 많아요.
　　　　　 니네는 혀 깨물 용기도 없잖아. 안그려?
　　태천 : 다시 시작해볼까? 좋은 일한다고 지랄을 떨어

280

놓고서

뒤에서는 의뢰인들을 다 죽여?

진대표 : 야.. 그게 니들이랑 무슨 상관인데.. 그 사람
들이 원하는대로 다 해줬고 너넨 돈도 받
았잖아! 그럼 된거잖아!

건운 : 아니, 이 씨발년아. 처음이랑 말이 다르잖아.
우린 쓰레기만 처리하면 되는거고, 그래서 아
무런 죄책감 없이 버틴겨. 이 구석에 쳐박혀서!

진대표 : 이 병신들아.. 왜 이제와서 인간인척을 하고
있어.. 어차피 이 짓거리는 애초부터 아다리
가 안 맞는 거 몰랐어? 우리한테 의뢰하는
새끼들 말만 믿고 쓰레기들 처리해 준거아
니야. 쓰레기라고 잡혀온 놈들 얘기는 제대
로 듣기나 해봤어? 너넨 도대체 의뢰하는
놈들 뭘 믿고 걔들이 해달라는 대로 해준
거냐? 돈주니까 한거 아니야 돈 주니까!! 안
그래? 애초부터 쓰레기는 없었어 새끼들아.

강상무 : 그래 맞다 맞어. 니들이 처리한 쓰레기들
중에서는 억울한 놈들 하나도 없을거 같

냐? 아니여 그거.. 다 똑같아..똑같아.

진대표 : 니들도 우리랑 다를거 없어. 새끼들아.. 이
건운 너는 평범하게 인간으로 살거면 이제
와서 이렇게 아니라 4년전에 목숨걸고 도
망을 갔어야지.. 그게 맞지 비겁한 새끼야.

건운 : ... 이런 씨발새끼들.

태천 : 야, 뽑자.

상민이 도구상자의 뚜껑을 열고 건운과 태천 사이에 내
려 놓는다.

각각 적당한 크기의 펜치를 골라 잡는다.

　태천 : 소소하게 시작하자~

건운은 강상무, 태천은 진대표의 한 손가락 손톱끝을
펜치로 집는다.

진대표 : 아~ 씨바, 하지말자. 어? 이러지 말자고!

강상무 : 저기 우리 끝까지 작업할거야? 어? 그래,

내가 더 잘못했어. 너희보다 훨씬 더 잘못했긴 한데 우리 그동안 같이 한건 맞잖아. 응? 너네도 마지막까지 피 묻히고 싶지 않을거 아니야.. 내가 진짜 내 재산 다 내놓고 바닥으로 내려가서 다시 시작할게. 어? 제발.. 마지막까지 이러지 말자.

진대표 : 씨발 그게 이 상황에서 먹혀? 쓰레기랑 똑같이 작업할라고 이러는 거야 얘네들.. 뭘 다시 시작해. 어차피 이 새끼들 우리 죽일게 뻔한데..

강상무 : 닥쳐! 이 미친년아! 저 후라질 년. 씨빨년!!

진대표 : 뭐?

건운 : <u>흐흐흐</u>.. 하하하하!! 하아 씨바 존나 웃기네.. 킄케헤헤.

태천 : 저 새끼 말하는 거봐라. <u>크크크크</u>

진대표 : 야, 이 새끼가 나한테 감히.. 뭐. 뭐라고? 좆만한 새끼가!

강상무 : 왜, 이 씨발년아, 어차피 여기서 우리 다 뒤질거라면서!

그럼 더 이상 내가 너한테 굽신거릴 필요
가 없겠네. 이런 허벌창 날 년아.

진대표 : 어 그래? 그래서 지금은 이런 상황이니까
이제야 덤비는 거야? 그동안 찍소리 못하
다가? 남자새끼가? 씨바 좆달린 새끼가 찌
질하다 진짜.

건운 : 크으윽. 큭큭. 헤헤 씨벌.

강상무 : 그래, 그동안은 그 더러운 돈 좀 뽑아먹을
라고 니 똥꼬 좀 빨았다. 근데 있잖아 이
우라질 년아. 어? 너 같은년은 그나마 돈이
라도 있어야 그만큼 사는거지. 돈 없었으면
그냥 따먹고 버리기 좋은 생김새여 미친년
아. 대가리도 쓸 줄 모르는게 쌍판대기만
멀쩡해 갖고..

진대표 : 저 새끼가 씨발...

건운 : 야, 그동안 너는 저 년 한번도 못 먹어봤냐?

강상무 : 뭐?

건운 : 같이 일한 세월이 얼만데 못 먹어봤어?

강상무 : 저 년 취미가 가랑이 벌리는 거다. 니네도

만날 기회만 더 많았으면 아마 돌려가면서
맛봤을 건데. 아주 아쉽다 아쉬워!

진대표 : 야!

강상무 : 니가 하는 사업들 다 니 그 몸뚱아리 굴려
서 하는거 아니여!

진대표 : 아이 씨발! 뒤질라고!

태천 : 야야! 그런거 이제 관심없고 우리 할 일 해야
지.

건운 : 뽑아 보자!

강상무 : 어! 어! 제발.. 하지마 제발!!

펜치와 손가락과의 각도가 직각을 향해 움직이기 시작
한다.

진대표 : 으으읍.. 아윽! 아! 흐흐...

강상무 : 끄아아악!! 씨이바알!!!

건운 : 아이고~ 쑤욱 빠졌네. 잘~ 빠졌네 아주..

태천 : 너무 쉽게 빠진다. 자! 이번엔 손톱말고 좀 더
큰거 갑시다!

건운 : 꺾어볼까?

태천 : 도구 좀 큰 거 하나씩 줘라.

상민 : 예.

더 큰 크기의 펜치를 건운과 태천의 손에 쥐어준다.

건운 : 발가락으로 가볼까? 새끼발가~락!

새끼발가락에 고정시키고 꺾을 준비를 한다.

태천 : 준비하세요~

건운 : 하나, 둘! 으샤!!

태천 : 돌려 돌려!!

강상무 : 아악!!! 야야!! 씁! 으흐흐..

진대표 : 읍!! 으쓰..씨바알....

서울시 성북구 길음동의 한 다방.

현석이 구석 자리에서 담배를 태우고 있다.

반쯤 태웠을 때 쯤 카페 입구에 한 남자가 들어온다.

카페 내부를 두리번 거리다가 현석을 보고는 이 쪽으로
걸음을 옮긴다.

　　남자 : 오랜만이네.

　　현석 : 잘 지내셨어요?

　　남자 : 내가 묻고 싶은 말인데..

　　현석 : 담배 태우시겠어요?

　　남자 : 좀 있다가..

　　현석 : 커피는요?

　　남자 : 응, 마시자.

　　현석 : 여기요!! 커피 두잔!

　　남자 : 젊은 놈이 이런데를 왜..

　　현석 : 여기가 편해요. 적당하게 칸막이도 있고, 뭐
　　　　　신경쓰이는 젊은 애들도 없고, 일단은 자리에
　　　　　서 담배를 피울 수 있다는 게 좋잖아요.

　　남자 : 그렇지..

현석 : …

남자 : …

현석 : 계속 거기 계세요?

남자 : 응.. 난 뭐..

현석 : …

남자 : …

    굉장히 풍요로운 분위기의 꽃무늬 찻잔에 담긴 커피가
테이블 위에 놓이자, 정겨운 향이 풍긴다.

남자 : 커피는 믹스여..

현석 : 이게 담배랑 진짜 잘 맞죠.

남자 : 우리 예전에 많이 마셨지. 자판기 커피..

현석 : 그.. 사무실 뒷 문이요.

남자 : 그래 맞어 맞어..

현석 : …

남자 : …버틸만 했냐?

현석 : 전 사실 보직이 좋았죠..

남자 : 어느 정도 듣긴 들었다.

288

현석 : 예.

남자 : 그래도 만만치 않았을 거라던데...

현석 : 다른건 없고, 자유롭지 못하다는게 힘들었어요.
　　　 돈이고 뭐고 다 떠나서 목숨 걸고 하는 거니
　　　 까요.

남자 : 그래... 그래..

현석 : 고맙습니다.

남자 : ...지금 연락 계속 하냐?

현석 : 한참 진행중 일거예요.

여느 때보다 열기가 뜨거운 두곤리 작업장.

작업실 바닥이 모두 피로 덮였다.

장도리 두 자루가 동시에 의자 옆으로 떨어진다.

장도리에도 붉은 피가 묻어있다.

진대표와 강상무, 붉은 피가 흘러내리는 근원지를 핏줄기따라 올라가 보니 움푹 파인 왼쪽 눈에서 눈알은 보이지 않고 피만 흘러내릴 뿐이다.

몸에 있는 힘이 다 빠져 나간 듯 두 사람 다 고개를 들지 못한다.

건운 : 이 망치 뒷부분이 이렇게 유용하게 쓰여요. 이렇게..

야, 어뗘? 버틸만 한겨?

진대표 : 후우.. 후...

태천 : 여보세요? 어뗘시냐고!

진대표 : 원두막에 올라가서..

태천 : 뭐?

진대표 : ...원두막에 올라가서 가위바위보를 해서 내가 졌어..

태천 : 뭐라는거야.

건운 : 들어보자.

진대표 : 내가 져서 포도를 가져와야되는데, 나는 그
게 무서웠어. 그게.. 똑같은 나무가 쫘악.. 쫘
악.. 쫘악 길게 펼쳐져 있는데.. 너무 이상해
씨발.. 내가 집에 와서 물어봤지.

왜 그렇게 되어있냐고.. 근데 그게 맞는거래.
키우기도 편하고.. 후... 아.. 햇빛도 골고루
받고.. 영양분도 마찬가지고.. 그래야 잘 큰
대.. 그게 더 이상했어 씨발.

왜? 왜 그래야 더 잘 크는데? 그건 인간 입
장이지.. 알이 크고 더 달기만 하면 잘 크는
건가? 어?

그건 잘 크는게 아니라 그냥 인간이 먹고
팔기 좋게 크는 거지.. 좀 놔두란 말이야
좀... 너무 징그럽잖아.

아... 아... 죽을 것 같다.. 후... 누가 그러더라,
그런 생각을 갖고 있으면 아무것도 못한다
고. 절대 성공을 못한대. 이 세상에 살아 숨

쉬는 모든 건 다 같은 위치에 있대.. 인간이
건 잡초건 벌레건간에 다 같은 위치래. 인
간은 그냥 대가리만 좋은 것 뿐이래. 그래
서 다 섞여서 서로 살기위해서 싸우는 거
래. 인간이 대단한 것 같아도 그거 아니잖
아.. 생각을 해봐라. 파리새끼가 인간의 머
리에도 앉고 바로 앞에 콧등에도 앉고 그
러잖아. 그러다가 우리가 잡으려고 하면 도
망가잖아. 생각해보면 개들은 우리를 무서
워하질 않아요.. 씨바. 근데 어때 우리는 벌
레나 곤충이나 동물이나 산이나 바다를 엄
청나게 무서워 한다고 인간들은... 개네들은
아무렇지도 않아..

그러니까 인간이라고 해서 높은데 있지는
않다는거야.

다 똑같은 선에 서있는 거고 각자 자기 자
신을 위해서 싸우면서 사는거야. 그 상대
가 자연이 될 수 도 있고 인간이 될 수 도
있는거야. 그러면서 그 사람이 나한테 그

랬어.. 가장 사냥하기 쉬운 존재는 인간이라고.. 쓸데없이 파리한테 화풀이하지 말고 인간을 잡아먹으라고... 씨부럴.. 그때부터 알게 됐지. 이 세상에 내 편은 나 하나밖에 없구나. 으... 후... 흠....

내가 어른이 될 무렵에 난 집에서 나왔어. 따뜻한 곳에서 너무 오래 산 것같아서.. 차가운 공기를 좀 맡아보고 싶어서...

내가 살던 데는 산을 깎아 만든 동네였어. 작은 집들로 꽉 차서 처음 오는 사람들은 헤맬 수 밖에 없는 곳이었어. 담배를 피우려고 집앞에 쪼그려 앉으면 시내가 한 눈에 들어왔었어. 폐가 썩어들어갈 것 같이 담배를 많이 피웠지만 그때 마다 느끼는게 있었어. 세상이 너무 딱딱하게 만들어 졌구나... 딱딱한 바닥, 딱딱한 건물. 인간은 이렇게 말랑말랑한데 저런 것들을 얼마나 많이 만들어 내는지.. 이제는 둘러싸여 있구나.

찬 바람이 불면 그게 더 무섭게 느껴졌어.

강상무 : 무슨 소릴하는 거야.. 도대체가... 저기요.. 우리 그만합시다 정말.. 나 정말 잘못했어. 진짜 너네들. 당신들이 평생 원하는 그림대로 살게요. 시키는 대로 이렇게 저렇게 아무거나 하라는 대로요. 예? 눈알 한쪽 가져갔으면 된 거 아니야? 내가 당신들한테 그 이상 잘못한건 없잖아요..

건운 : 박준배는 왜 죽였어.

강상무 : 아후.. 그것도 정말 잘못 했어요. 그건 그땐 어쩔 수 없었어요. 그게 이 생활하다보면 하루하루가 불안하잖아요. 여기 있는 사람들 다 느끼는 거잖아요. 누구 한명 마음 잘못 먹고 입벌리면 다 끝이잖아요. 아마 그랬으면 당신들도 지금 이러고 있지 못했을 거예요. 그렇지 않아요? 박준배는 그때 한참 위험했어요. 여기서 딱히 하는 일도 없었고 본인 스스로가 재미를 잃었었어요. 저기 옆에 죽은 친구가 그렇게 말했었어요. 건운씨랑 태천씨도 알잖아요. 박준배가 달

라졌다는거..

건운 : 그래 이새끼야. 몇 년 더있다가 내가 그 상황
　　　이 되면 나도 죽였겠지 니들이.. 여기 고상민
　　　이는 그래서 뽑은 거잖아. 좀 키워놓으려고..
　　　아니야?

강상무 : 아니요, 아니요. 그런 생각은 한 적 없어요.
　　　그냥 나는 박준배가 위험해보여서.. 아...

건운 : 입 닫아 미친놈아.

가늘고 길다란 바늘을 꺼내 강상무의 귓구멍에 갖다
댄다.

강상무 : 아니야! 아니야! 진짜야! 하지마아! 당신들
　　　죽일 생각은 정말 없었어. 난 그냥 내 코
　　　앞만 걱정한거야!!

건운 : 가만히 있으세요. 가만히..

면봉으로 살살 긁듯이 시작을 하다가 갑자기 깊이 찔러
넣는다.

강상무 : 야!! 이 씨이바알!!! 아!! 으으...

왼쪽 눈에서도 그랬듯 귓구멍에서도 줄줄줄 피가 흘러
내린다.

건운 : 이 새끼야, 너는 계속 핑계만 대고 있잖아..
　　　그러면 안되지...
강상무 : 아니.. 아니야 아니야.. 으으으으.. 끄악...
태천 : 썹새끼 비명도 시끄럽네.
진대표 : 씨발 씨발 씨발 씨발 씨발 씨발
　　　씨빠아~알!!!
태천 : 아 깜짝아! 존나 놀랬네. 씨부럴. 왜이래 이
　　　년은.
진대표 : 저한텐 하지 마세요. 하지 마세요. 하지 말
　　　아요.. 저는 안그럴게요. 진짜 안그럴게요.
　　　으아!! 아...
　　　안 그래요 안그래!! 씨발!! 안그래!!!
태천 : 미친년이 왜이래 갑자기.
진대표 : 그 새끼땜에 그랬어! 그 새끼땜에!!

건운 : 뭐라는거여..

진대표 : 그렇게 시작된거야! 동네 쪼만한 산에 절간
에 있던 종숙이 그 망할 년! 그 년한테 칠
선이라고 이복자매가 있었어. 배가 달랐어
도 그 둘이 엄청나게 가까웠다고..

칠선이한텐 남자가 있었는데 그 남자 집안
이 엄청나게 대단한 집안이었어. 우리 지역
사람들은 그 집안 허락없이는 장사를 하든
뭘 하든 아무것도 못했으니까..

그런 집안 아들내미니까 얼마나 목이 뻣
뻣하겠어. 칠선이 상판대기가 좀 먹혔거든,
남자들이 다 잡아먹고 싶어서 안달났었지.
그러다가 그 남자한테 걸린거야. 남자는 칠
선이 외모에 빠졌고 칠선이는 그 남자 배
경에 빠졌었어. 서로 얻을 것만 얻으면 되
는 사이였어. 아주 깔끔한 사이... 남자는 칠
선이 몸을 갖고, 칠선이는 옷이며 가방이며
돈되는 건 다 얻어내면서 잘 붙어다녔다
고.. 근데 그게 처음부터 대등한 관계가 아

니었어. 뭔 말인 줄 알어? 인간이 서로 뭘 주고 받을 때는 있잖니, 같은 높이에서 있어야지만 그게 진짜 주고 받는 사이지. 한쪽이 높고 한쪽이 낮으면, 그건 주고 받는 게 아니라 한 놈은 그냥 툭 던지는 거고 한 놈은 무언가를 두손으로 올려 바치는 꼴이 되지... 그 둘이 그런 관계였던거야.

그러니까 처음부터 틀려 먹은거야.. 아무리 맛있는 것도 매일 먹으면 질리겠지. 결국 남자가 마음이 떠난 거지. 마음이 떠났다기보다는, 이제 더 이상 칠선이의 몸을 만지는 재미를 찾으려 하지 않았다는 게 더 맞는 말일거야. 그러니까 당연히 칠선이는 매달렸지. 돈이라면 환장하던 세상이었으니까.. 날이 가면 갈수록 그 남자는 짜증이 나지 당연히.. 수준도 안 맞는 여자가 그동안 돈으로 좀 씻겨줬다고 점점 기어 오르니까.. 그래서 남자가 어떻게 했는지 알아? 칠선이네 집안 전체를 지역에서 쫓아 내버렸어.

남자 집안 노인네한테 부탁을 한거지 쫓아
버려 달라고.. 그런건 뭐 일도 아니니까..

아무리 배다른 자매라도 어쩔 수 없이 다
같이 쫓겨났지. 어쨌든 같은 피니까. 근데
그게 다가 아니여. 걔네가 가만히 있지를
않고 독 품은 뱀마냥 매일같이 남자 집 앞
에서 시위를 해대니까 결국은.. 씨바 진짜
나쁜 새끼들이여 그 새끼들.. 결국은 두 자
매 아버지를 저 멀리 다른 땅으로 건물 짓
는 일에 보내버리고 집안을 갈기갈기 찢어
놨어. 그 뒤에 갈 데를 잃은 종숙이가 마침
우리 동네 뒷 산에 절간으로 들어가게 된
거야. 칠선이랑은 서로 힘이 될 수 있을 때
다시 만나기로 했대..

씨바.. 후... 후.. 그때 나는 혼자 그 절에 자
주 갔었어. 조용하기도 하고 그 특유의 냄
새가 좋았거든. 어쨌든 적어도 삼일에 한번
은 갔었는데 그러다 종숙이를 만난거야. 왜
혼자 여기서 이러고 있냐는 내 질문에 그

년은 첫 대답이 이거였어.. 복수를 준비하
고 있다고...

이 미친년이 무슨 말을 하나.. 했었지.

내가 그 년 말을 듣는 게 아니였는데, 너무
따뜻한 곳에 오래 지내다가 찬 공기를 마
시고 산지 얼마 안 됐을 때라 그랬는지 몰
라도 그 좆같은 감정이라는 거에 흔들렸
어.. 두어 달쯤 지났을 때였나 칠선이가 찾
아왔어. 그동안 그 남자한테 받았던 그 더
러운 돈으로 다 준비를 해뒀다는 거야. 가
서 준비된 순서대로 시작하면 된다고..

그게 내 첫 작업의 시작이야.. 씨벌 지랄하
고 그 감정하나에 휘둘려서 그 두 년들 때
문에..

너네도 맛을 좀 봤겠지만 이런 일이 쾌감
이 장난이 아니지.. 첫 작업이 끝나고 칠선
이한테 감사의 표시로 받은 그 더러운 돈
으로 여기 작업실을 만들고..

첫 작업이 나한테 준 쾌감은 오래가지는

않았어. 하지만 쾌감의 느낌이 내 몸을 다 떠났을 땐, 이미 세월이 많이 지났고, 그때 그 더러운 돈이 나한테 남긴 돈냄새만 계속 머물더라고..

하아.. 좆같네...

건운 : 니 인생도 참...

태천 : 더 좆같은 소리 하기 전에 끝내자.

강상무 : 시브알... 후... 후... 씨발.

이럴거면 씨발 그만 끝내라.

건운 : 그래 일단 너부터 보내야겠다.

태천 : 장도리 두꺼운 걸로 올려라.

태천의 손에 깨끗하고 두꺼운 장도리가 올려진다.

태천 : 아, 잠깐만.. 손 좀 씻자. 장갑도 다시 줘라.

끼고있던 장갑을 벗고 한 가운데 준비된 대야에 손을 씻는다.

분홍빛으로 시작된 물이 점점 붉게 변하고 대야의 바닥

이 보이지 않는다.

새하얀 장갑을 끼고 다시 장도리를 잡는다.

　　　강상무 : 씨발.. 끝났네.. 씨발..씨발...

장도리를 머리 위로 높이 올린다.

　　　태천 : 야, 마지막으로 한마디 해봐라.

　　　강상무 : ... 니들 이거.. 박대호가 까발린거지?

　　　건운 : 미친새끼. 빨리도 말하네.

　　　태천 : 그거 말고 또 없어? 진짜 마지막이다.

　　　강상무 : 어차피 뒈지는거, 야 이 씨빨놈들아!!!

무거운 장도리가 강상무의 머리위로 떨어진다.

몇 번의 묵직한 소리와 함께 새 장갑이 다시 붉게 물
든다.

　　　진대표 : 흐흐흐... 이제 진짜 내 차례가.. 씨부럴...

건운이 담배를 꺼내 진대표의 입에 물리고 불을 붙인다.

　　건운 : 마지막으로 한 대 태워라.

길게 한 모금을 들이킨다.

　　진대표 : 후우~ 옘병할.. 피 맛 밖에 안나네...
　　건운 : 한 모금만 더 해.

이제 건운의 손이 대얏물에 푹 담긴다.

　　건운 : 마지막까지 철저하게 해야지. 미끌리면 재수
　　　　　없게 애먼사람 다치니께...

마지막을 위해 장도리를 높이 들어올린다.

　　건운 : 씹! 빨!

두곤리에서의 모든 기억을 진연희 대표의 머리 위에 올

려놓고 그것들을 깨버리듯 힘껏 내려친다.

2010년 9월 17일 16시 33분

마지막 작업 종료.

약 50분 뒤,

세 개의 쓰레기 가방을 나눠 들고 작업실 건물 밖으로 나온다.

밖에는 차량 한 대가 세워져있다.

그 차량에서 채현석과 그 남자, 박대호 팀장이 내린다.

박팀장 : 고생했다.

건운 : 뭐하러 여기까지 와요. 밤에 소주나 마시자니까.

박팀장 : 같이 나가자.

건운 : 아직 남았어요. 이거 처리해야지.

박팀장 : 어디서 하는데? 차 타고 가자. 트렁크에 실어.

건운 : 차로 갈 수 있는 길이 아니여.. 빨리 갔다 올 게요.

현석 : 그럼 한 분이라도 좀 쉬세요. 제가 갔다 오 죠 뭐.

건운 : 아니여. 마지막인데 내가 가야지. 주인 양반하 고 얘기도 좀 하고..

각자의 자전거를 끌고 나와 가방을 고정시킨다.

건운 : 씨바! 마지막이다!!

태천 : 아오 귀찮어 씨벌.

건운 : 가자 가!

마지막 페달질을 시작한다.

그동안 이 좁은 산길을 달리면서 많은 생각을 했었다.

오늘은 완전한 이유로 페달을 밟는다.

다시 이 길로 돌아오면

드디어 모든 것이 끝난다.

굴뚝에 거뭇거뭇 연기가 피어 오른다.
이 연기도 오늘이 마지막이다.

주인 : 이런 날이 올 줄 알았다.

　　　끝까지 갈 수 가 없는 일이여. 이런건...

　　　어쩔 수 가 없는거여.

건운 : 저 가마 안에 있는 것들, 지들이 저 안에 들
　　　어가게 될 줄 몰랐겠지.. 근데 혹시 몰라요.
　　　조금만 늦었으면 내가 저기 안에 들어가 있
　　　었을 수 도 있것지..

주인 : 그려.. 그걸 또 내가 태우고 있었것지..

태천 : 저거 다 되는 대로 같이 나갑시다. 금방 타잖
　　　아 저거.

건운 : 그려요. 나가서 조용히 삽시다.

주인 : ...

태천 : 응? 이제 아무도 없어. 우리밖에 없어. 작업
　　　실까지만 가면 차타고 금방 빠져 나갈 수 있
　　　어요.

주인 : 상민이 너는 좋것다? 빚도 다~ 없어졌고 진짜

새 인생 살 수 있것구먼..

상민 : 예.. 저는 뭐.. 할 말이 없습니다. 아무것도 한
     거 없이...

태천 : 얘는 나가서도 이 일에 대해서 절대로 입도
     뻥긋 못해.
     우리보다 더.. 어디가서 떠들어 대봤자 잃을
     게 많거든 우리보다.. 우리는 뭐 볼 꼴 못 볼
     꼴 다 보고 얻은 자유지마는...

주인 : 그려.. 이런 애가 있어야 우리가 그나마 보람
     이 있는거 아니것냐. 진짜로 사람을 하나 살
     리긴 했네.. 좋은 일을 하긴 한거여. 결국...

건운 : 그려 맞어.. 몇 년만에 드디어 좋은 일을 하긴
     하는구먼.

태천 : 아니 그나저나 형님 우리랑 같이 나가야지. 어?

주인 : ... 나는.. 나이도 이제 다 차고 있고, 여기서 그
     냥 사는 게 어떨까 싶다.

건운 : 뭐요? 아니 왜? 여기서 뭐 할라고 혼자?

태천 : 무슨 말도 안되는 소리야. 같이 나가야지!

주인 : 그동안 나는 니들이 모르는 시체들 많이 태

웠어. 지금이야 니들도 알겠지만 나는 다 알
고 있었어. 니들 말고 덩치 큰 애들이 가끔 와
서 떨궈 놓고 가는 건 쓰레기가 아니라는 거
다 알고 있었다.

근데 뭐 어쩌것어.. 하라면 해야지.

입 다물고 그냥 그것들 다 태워버렸지..

건운 : 그래 알아요 알아. 어쩔 수 가 없었지 뭐.

소각장이 그래서 멀리 떨어져 있는거 아니여.

속 시끄럽게 안할라고 일부러…

근데 그건 형님도 어쩔 수 없는거였지.

태천 : 다 같은 입장인데 그냥 다 잊고 나갑시다.

주인 : 우리가 같은 편에 서서 일을 했어도 엄연히
각자 위치가 다르고 하는 일이 달랐잖냐.. 다
같은 입장은 아니여.

니들도 니들 나름대로 정리할 게 있듯이 나
도 혼자서 생각도 정리하고 나름대로 정리
할란다. 나는 저 안에 들어가 있는 진연희 저
년하고 일을 같이 시작한 사람이여. 니들보다
좀 더 시간이 필요하다는 얘기여..

소각장 주인양반은 우리와 함께 나오지 않았다.

그를 충분히 이해하지만 그래도 조금 더 빠른 시일 내에 저 소각장이 아닌 편안하고 따뜻한 곳에서 함께 잔을 들고 있는 모습을 상상해 본다.

두곤리를 모두 지워버리고 싶지만 아직 그가 남아 있기에 지울 수가 없다.

가벼워진 자전거를 끌고 작업실로 도착한 뒤, 박팀장의 차량으로 모두가 두곤리를 빠져 나왔다.

차 안은 각자 혼자만의 생각에 잠겨 매우 조용했다.

한 시간이 넘게 달리다가 춘천역 앞에서 차량이 멈췄다.

건운 혼자 그곳에 내렸다.

다른이들을 먼저 보내고 혼자 가고 싶었다.

약 4년전 왔던 길을 다시 되돌아 가고 싶었다.

제일 먼저 춘천역 앞 그 흡연구역으로 이동한다.

최근에 고상민을 데리러 이 곳에 온 적이 있지만 지금과는 비교할 수 없다. 4년전 그날, 전철에서 내린 후 이 곳에서 담배를 꺼낼 때의 그 기분을 잊지 못한다. 앞이 두려웠고 보이지 않았지만 지금은 모든 것을 끝내고 새로운 담배 맛을 느낀다.

　그땐 간단한 세면도구와 옷가지가 든 가방을 들고 있었지만 지금은 통장에 더러운 돈만 남고 그 이외에는 아무것도 없다.

　드디어 다시 처음으로 돌아가는 전철에 올라탔다.

　창밖으로 여러 가지 풍경이 보이고 풍경을 잠시 감상하다가 예전에 그랬듯 전철 안에 있는 여러 모습의 사람들을 둘러본다.

　4년전 그 날, 이 안에서 봤던 모든 사람들이 건운과 함께 길고 긴 여행을 마치고 다시 짐을 챙겨서 돌아온 듯하다. 물컵이 하나씩 주렁주렁 달려있는 가방을 메고 계신 할머니 할아버지들, 포근한 산 속에 저기 창밖으로 계곡이 내려다보이는 펜션에서 꿀같은 시간을 보내고 왔을 것 같은 단내나는 커플, 건운처럼 다시 새로운 목적지로 향하며 홀로 앉아있는 사람들.

　다시 창 밖 풍경을 바라본다.

　그러고 가만히 앉아있었다. 아무런 생각도 들지 않았다.

　잠시 정적이 흐르는 가운데 건운이 이어폰을 끼고 머리를 뒤로 기댄다.

택배 일을 마치고 집에 돌아왔을 때 여자친구의 깜짝 방문과 함께 아기자기한 밥상을 앞에 두고 분위기를 잡았던 음악, 택배회사직원들과 여름 바캉스를 떠날 때 들었던 그런 음악.

오늘도 역시 그저 그런, 어두운 분위기의 음악을 듣는다.

오른쪽 무릎이 시리다.

그동안 그 무거운 가방을 싣고 자전거를 너무 많이 타서 그런가..

소각장으로가는 좁고 험한 산길을 허름한 자전거로 왕복하고나면 다리 근육이 발달하는 느낌보다는 어딘가가 꾹 눌리는 느낌이었다.

그럴때마다 나도 모르게 무릎을 굽혔다 펴면서 통증을 잊기위한 동작을 하곤 했다. 내 몸에 신경을 쓸 여유가 없었다.

어느 순간이 되면 괜찮아 질 줄 알았다.

암울한 분위기의 음악을 듣다보니 갑자기 겁이 났다.

이 전철에서 내리는 순간,

두곤리에서의 모든 기억을 두고 내릴 생각이었다.

욱신거리는 이 무릎을 만지작거리다보니 그 계획이 부

질없다는 것을 느꼈다.

두곤리에서의 모든 생활은 이미 내 머리끝부터

무릎을 거쳐 발끝까지 박혀있다는 것을 이제야 알게 되었다.

이어폰을 뽑았다.

무릎의 통증과 암울한 생각의 결과가 땀으로 흘러내렸다.

땀을 닦고 숨을 한번 크게 내쉬고 다시 창밖을 본다.

상봉역에 도착했다.

그 날처럼 전철역 안이 한산하다.

화장실이 보인다.

소변이 마렵지는 않았다. 하지만 완벽한 되돌림을 위해 다시 들어가본다.

벽에 걸려있는 액자를 본다.

역시 명함같은 것이 붙어있다.

'떼인 돈 받아드립니다. 심부름 환영'이라는 광고 쪽지.

그때 이 쪽지를 봤을 때, 막연한 두려움에 조급함이 더해져 급히 볼일을 마쳤던 기억이 난다.

언제가 될지는 모르지만 다른 곳에서 이런 쪽지를 또 보게 된다면 그땐 어떤 느낌이 들지는 모르겠다. 하지만 오늘은 그냥 나가면 뭔가 찝찝할 것 같다.

쪽지를 뽑아서 찢었다.

그리고 세면대 옆 쓰레기통에 던져 넣었다.

나와는 상관없는 쪽지이지만 오늘은 이러고 싶었다.

아주 오랜만에 장위동 작은 골목으로 향한다.

일했던 물류 창고 옆 큰 길을 따라 사거리쪽으로 올라가다가 골목으로 들어간다.

좁은 골목 사이사이, 좁은 폭의 계단으로 천천히 걷고 있다.

한참을 걷다가 귀퉁이 작은 골목으로 들어선다.

하루의 일을 마무리하며 걸었던 이 길을 잊은줄 알았지만 걷다보니 몸이 먼저 기억하고 있었다.

골목 중간쯤에 있는 작고 허름한 식당이 보인다.

이상하게도 주인 어르신의 모습은 잘 그려지지가 않는다.

그 당시에도 이미 팔십을 넘기셨었다는 것만 기억난다.

문을 열고 들어갔다.

몇 안되는 작은 테이블과 한 쪽에 음식을 만드는 좁은 공간은 그대로이다. 주인 어르신은 아직 보이지 않는다.

항상 앉던 자리에 앉아 미닫이문이 있는 안채 쪽을 본다.

건운 : 어르신!

아무 반응이 없다.

건운 : 어르신!

안채에서 인기척이 느껴진다. 잠시 부스럭거리더니
문이 열린다.
아, 이제 기억이 났다.
저절로 미소가 지어졌다.
4년이 지났지만 어르신의 모습은 그대로였다.

노인 : 누구야?
건운 : 어르신.
노인 : 어? 뭐야! 어이고 누구야 이게!
건운 : 잘 계셨어요?
노인 : 한 해 한 해 지나가는데 오지를 않길래 아주
　　　 먼데로 간 줄 알았는데..
건운 : 어디 좀 다녀왔어요.
노인 : 저어기 외국에 다녀온건가?
건운 : 아니요, 그건 아니고 그냥 좀 멀리요.
노인 : 으이고, 그게 아니면은 가끔 밥먹으러 들르지..
건운 : .. 죄송해요.. 연락이라도 드렸어야 하는데..

노인 : 요즘엔 젊은 사람들 생사 확인하는 게 더 힘
들어. 어딜 그렇게 돌아 댕기는지 요옆에 황
씨네 손자도 도대체가 알 수 가 없대. 삼, 사
일씩 밖에 있다 들어오고 그런다더만..

건운 : 예.

노인 : 집이 제일로 편한건데..

건운 : 좀 어떠세요.. 아직도 하고 계실 줄 몰랐어요.

노인 : 안 죽고 살아있지 난.

건운 : 아니요, 그런 뜻은 아니구요..

노인 : 아침에 나와서 밥 짓고 국만 끓여 놓면 아직
나처럼 살아있는 동네 친구들도 와서 먹고,
저 밖에 노동일 하는 사람들도 와서 먹고, 밤
에는 가끔 머시기 할망구들도 와서 수다떨다
가고 하는 게 재밌지 뭐. 힘들면 못 하지.
벌써 때려치웠을건데.. 이 재미로 하는거지.
내 나이 몇 달뒤면 구십이여. 재미 볼 수 있
을 때 많이 봐두는 거야.

건운 : 예. 더 오래 하셔야죠.

노인 : 밥 먹어야지? 먹으러 온거 아닌가?

건운 : 아, 예 먹어야죠. 어르신은 진지 잡수셨어요?
　　　요즘도 저녁을 일찍 드세요?

노인 : 나는 안 변하지. 항시 다섯 시 반이면 뭘 먹
　　　더라도 먹어야돼..

건운 : 예, 오늘은 뭐예요?

노인 : 아들놈이 얼마전에 고기를 갖다가 몇 키로를
　　　주고갔어.
　　　돼지도 있고 소도있고.. 돼지 넣고 김치찌개
　　　해 논거 있다. 그거 주까?

건운 : 예, 주세요.

노인 : 소는 담에 오믄 구워먹어. 암때나 와서..

건운 : 아니요, 아니예요. 어르신 잡수셔야죠.

노인 : 구워 먹어. 괜찮어.. 그런거라도 먹으러 와야
　　　자주 좀 볼 수 있는거 아닌가?

건운 : 예. 그럴게요.

돼지고기와 김치가 어우러지며 깊게 익는 향이 난다.
향이 짙어 질수록 왠지 모르게 먹먹하다.
심장이 다시 제 스스로 편한 자리를 잡는 건지

뭔가 꾹 누르는 느낌이다.

어르신이 해주시는 밥을 먹고

집으로가서 따뜻한 물로 샤워를 하고

이불에 누워 TV를 틀면 뭔가 마음이 꽉 차는 것을 느낄 수 있었다.

드디어 그것을 다시 느낄 수 있을 것 같다.

돼지고기가 국물보다 더 높이 쌓여있고 그 옆으론 흰 두부가 함께하고 있다. 어느 것 보다 따뜻하고 성스러운 밥상의 첫 술을 떴다.

건운 : 하아.. 너무 맛있네요 어르신...

노인 : 뭘 맛있어 똑같지뭐..

건운 : 아니예요. 너무 맛있어요.

노인 : 오십년을 넘게 밥상을 차렸어도 매~번 달라.

　　　맛이 달라. 어쩔 수 없는거야.

건운 : 조금씩 달라도 맛있는 건 마찬가진데요 뭐.

　　　하루이틀 하신 것도 아니고요.

노인 : 그러니까 참.. 끝이 없는거야 사람 사는 게..

　　　세월이 가고 나이를 먹는다고 더 두꺼워지고

노련해지고 그런게 아닌거지. 그동안 김치찌
개를 얼마나 많이 끓여봤냐가 중요한 게 아
니라 내가 얼마나 덜 달라졌느냐가 중요한거
야. 한 살 한 살 먹을수록 사람은 달라져요..
작년에 끓였던 찌개는 지금의 내가 끓인 게
아닌거지.
그땐 그때고 지금은 지금이니까...
내가 나를 관리해야 되는데 그게 쉽지가 않
아요. 이 나이 먹어도...

건운 : 예...
노인 : 막걸리 한 잔 안하나?
건운 : 아직 술 하세요?
노인 : 막걸리는 한 두잔씩 하지.
건운 : 아! 그럼 주세요. 제가 한 잔 올려야죠.
노인 : 기다려봐. 방안에 시원하게 넣어둔 게 있어.

노인이 방으로 들어가고
건운은 잠시 밖으로 나와 담뱃불을 붙인다.

두곤리를 빠져나와 처음에 그랬듯 전철을 타고 서울로
돌아왔고
다시 옛 동네로 돌아왔지만
노인의 밥상으로 인해 이제야 완벽한 귀가를 한 것 같다.
오늘 집으로 돌아가면 따뜻한 물로 샤워를 하고
이불에 누워 TV를 볼 것이다.
한 모금 크게 마시고 내뱉는다.
담배 연기가 다 빠져나가고 나니
어두운 저녁의 공기 냄새가,
좁고 험하지만 아주 편안한 이 골목의 냄새가 아주 정
겹다.
모든 것이 다 예전으로 돌아왔다.
어르신과의 한 잔 술로 나를 위로하고 싶다.

두 눈에 초점을 되찾고

이마와 귀 옆으로 흐른 땀을 닦는다.

숨을 크게 내쉬고 뒤로 몸을 뉘였다.

거뭇거뭇한 곰팡이가 핀 천정, 불투명유리가 깨져 반쯤 걸쳐 있는 화장실문짝, 그 옆에 현관문.

다시 현실로 돌아왔다.

2년전 어르신과 함께 마셨던 막걸리 한 잔으로 모든 것을 되돌릴 수 있을 거라고 믿었지만 뜻대로 되지 않았다.

아직은 쉽지가 않다.

매번 이렇게 그것들에게 지고 있다.

무릎 통증이 또 시작이다.

다리를 굽혔다 폈다를 반복한다.

깊숙이 박힌 두곤리의 통증을 이대로 평생 짊어지고 살아야 할 지도 모른다.

어쩌면 모든 것을 돌려놓는다는 것이 부질없고 허망하게도 실패로 끝날 수 도 있다. 실패를 맛보기 전에 그 목표를 다른 방향으로 바꾸는 것이 현명할 수도 있지 않을까.

내가 저 문을 열고 나갔을 때, 얼마 지나지 않아 도망치듯 다시 헐레벌떡 들어오게 될 것이라는 것을 알지만 계속 나갈 것이다.

밖에 저 골목 끝에서 무엇을 보게 될지 모르지만

계속 나갈 것이다.

골목의 끝에서 반가운 무언가가 나를 향해 오고 있기를 바란다.

그리고,

언젠가 다시 자전거를 탈 수 있는 날이 온다면
아무것도 싣지 않고 내가 가고 싶은 곳을 향해
페달을 밟을 것이다.

Special Thank's to

이건운 박대호 강영기
진연희 채현석 두 억
박준배 이태천 고상민
채사장 경사장 식당노인 정현숙 심교형

펜을 들때마다 나와 함께 살아 숨쉬어 준 저들에게
고맙다는 말을 하고 싶다.
함께 했던 시간만큼 그리울 것이다.

두곤리의 싸늘함과 우울함 속에서
빠져나오기 힘겨워 할 때
그 속에서 끌어내준
고맙고 소중한 강현수

끝까지 변심하지 않을 최고의 business partner 박의목
간절한 기도로 누구보다 깊고 강하게 이끌어준
아버지이자 문학선배 박도훈님
어머니이자 예술선배 김정숙님
그 외 소중한 가족들
첫 숨과 마지막 숨, 그 이후까지 온맘다해 사랑합니다

But now, Lord, what do I look for? My hope is in you.
(Psalms 39:7)

지은이 | 박의림
초판발행 | 2016년 2월   5일
등록번호 | 2007년 6월   15일 제3호
등록된 곳 | 충북 청주시 청원구 북이면 내수로 796-68
발행처 | 대한출판
출판부 | TEL. (043)213-6761 / FAX. (043)213-6764

ISBN 979-11-5819-032-3 03810